Der Fall Steinmann

J. H. H. Weiler

Der Fall Steinmann

Aus dem Englischen
von Michael Cochu

Verlag Bettina Wassmann

Für meine Familie und meine Freunde

‹Und er sprach: Ich bin Joseph, euer Bruder› (1. Mose 45,4)

1

STEINMANN fand am 9. November seine letzte Ruhe. Das Begräbnis, das am Nachmittag stattfand, ging also in jenen Abend und jene Nacht über, die auf so erstaunliche Weise von Freude erfüllt waren. Dies führte auch dazu, daß ich einen neuen nationalen Feiertag vorschlug: *Der Tag danach – Tag des nationalen Katzenjammers.* Cleo und ich trinken nämlich ganz gern. Zu unseren Mahlzeiten gibt es meistens Wein. Aber sie ist nie betrunken und haßt es, wenn ich es bin. Seit wir verheiratet sind, ist es mir gelungen, mich zu mäßigen (mit geringfügigen Verstößen, Vergehen, doch keinen richtigen Verbrechen). Aber was hätte man aus diesem Anlaß sonst tun können? Die Freude und der Schrecken dieser Ereignisse waren einfach zuviel. Natürlich benahm ich mich ziemlich scheußlich, als ich betrunken war, wenn auch nicht schlimmer als viele andere in jener Nacht.

Als ich am nächsten Morgen aufwachte, hütete ich mich davor, Cleo in die Arme zu schließen. Ich bestrafte mich selbst, indem ich kein Schmerzmittel nahm. Ich bestrafte Cleo, indem ich den ganzen Tag über schmollte. Bei Tisch erlaubte sie mir ein Glas, begleitet von einem erlesenen kleinen Versöhnungslächeln, und schlug dann mit ihrer gewohnten Direktheit vor, daß vielleicht die Zeit dafür gekommen wäre, alles aufzuschreiben (‹einen Bericht abzufassen›, waren ihre genauen Worte). Es war nicht nötig zu erklären, was mit ‹alles› gemeint war. Ich fing an jenem Abend an oder versuchte jedenfalls anzufangen.

Kommen wir zum Anfang. Wenn ich in pedantischer Stimmung bin (Cleo nennt sie meine Schlips-und-Kragen-Stimmung), neige ich dazu, die Geschichte am 29. Februar 1908 in Bremen anfangen zu lassen, als am selben Tag und im selben Krankenhaus (Sankt-Jürgen-Straße; Krankenhausgeburten waren damals noch selten; an jenem Sonnabend gab es drei Geburten: ein Mädchen und die beiden Jungen) Theodor Steinmann und Leon Oppenheimer geboren wurden. Sie begegneten sich zum erstenmal auf dem Gymnasium und wurden Freunde. Ihre Verbindung festigte sich, als sie entdeckten, daß sie das ziemlich ärgerliche Schicksal teilten, nur alle vier Jahre Geburtstag zu haben, und unter Einbeziehung ihrer Eltern gelobten, alle vier Jahre gemeinsam zu feiern, und zwar lieber mit einem richtigen Ball als mit einer schlichten Geburtstagsfeier. Wer hätte damals geahnt, daß sie ihr Gelöbnis nur noch zweimal würden halten können? Dieser Anfang, auch wenn er vielleicht banal ist, macht daraus die Geschichte einer tragischen Freundschaft.

Aber vielleicht liegt der eigentliche Anfang auch in Oxford zu Beginn der dreißiger Jahre, als Oppenheimer und dann auch Steinmann Rachel da Silva trafen, die in ihrer Familie und bei ihren Freunden Claudel hieß. Manchmal ziehe ich es vor, dort anzufangen. Wenn die ganze Erinnerung auf mir lastet, macht dieser Anfang daraus sicherlich eine Liebesgeschichte, die zwar unbedeutend und traurig ist, mir aber nicht mehr aus dem Kopf geht. Haben Sie sich schon einmal in jemanden verliebt, dem Sie nie begegnet sind?

Da ich der Erzähler bin, ist es auch meine Geschichte. Mein Ausgangspunkt ist allerdings klar, auch wenn ich mir dessen damals nicht bewußt war. Es war jener Tag im Jahre 197*, als Steinmann, damals berühmter und verehrter Professor der Verfassungsgeschichte an der juristischen Fakultät in P., mir und meinen Mitassistenten seine vorzeitige Emeritierung ankündigte. Eine vorzeitige Emeritierung ist nichts Ungewöhnliches, zumal wenn sie nur drei Jahre vor der Zeit erfolgt, wie es bei Steinmann der Fall war. Aber die Abruptheit der Ankündigung, das Fehlen einer Erklärung von seiner Seite und das Schweigen anderer Fakultätsmitglieder auf unsere diskreten Fragen erweckten den Anschein eines Geheimnisses, wenn nicht eines Skandals. Da ich eine schwere Erkrankung befürchtete (damals löste AIDS noch nicht die neugierige Verlegenheit aus, mit der man früher auf Krebs reagiert hat), nahm ich meinen Mut zusammen und sprach mit dem Dekan.

Ich sollte einige Worte über den Dekan verlieren. Heutzutage sind Dekane schlichte Administratoren mit wenig Macht und noch weniger Ansehen. Die meisten Professoren haben diesen Zustand akzeptiert. Sie bemühen sich, der unangenehmen Aufgabe aus dem Weg zu gehen, aber wenn sie an der Reihe sind, üben sie dieses undankbare Amt mit der ihm angemessenen Unauffälligkeit aus. Nicht aber Professor Dr. Dr. N..., der damals Dekan der Fakultät war. Er sonnte sich ein wenig im Glanz der Vergangenheit (sicherlich bedauerte er es, daß die Tradition, bei feierlichen Anlässen Talare zu tragen, abgeschafft war, und es gab unter uns einige, die darauf geschworen hätten, daß er tatsächlich sein dunkles Haar in einem besonders distinguierten Grauton färbte). Wann immer sich ihm die Gelegenheit bot, pflegte er seine Ansprachen mit den Worten ‹In dieser unserer alten Fakultät ...› einzuleiten, und jede kleine Unterhaltung bot ihm die Gelegenheit zu einer Ansprache. Zu seinen größten Freuden gehörte es, Besucher auf einem Rundgang durch die Fakultät und die Stadt zu begleiten, weil er dann ein Publikum hatte, das sich noch von seinem Amt beeindrucken ließ. Von Zeit zu Zeit sah ich ihn Gruppen ausländischer Besucher durch die Fakultät führen. Auf diesen Rundgängen klang sein ‹in dieser unserer alten Fakultät› besonders schmerzlich. Obwohl die Fakultät tatsächlich alt ist, sind ihre Gebäude – und in der Tat die meisten Gebäude in P. außer dem wunderbaren Marktplatz, der liebevoll Stein um Stein in seiner früheren mittelalterlichen Schönheit wiederaufgebaut worden ist – neu und ohne Reiz, gleich nach dem Krieg errichtet. Damals gab es nur sehr wenig Geld auszugeben, aber unendlich viel Geld zu verdienen, und es herrschte ein entschiedener Drang, alle Spuren der Zerstörung (und ihrer Ursachen) so schnell wie möglich zu beseitigen.

Wenn es sich bei den Besuchern um Amerikaner handelte, pflegte der Dekan sie vorwurfsvoll anzublicken und, indem er mit der Hand vage auf schmutzigen Beton und Glas wies, zu sagen: ‹Und wie Sie sehen können, fiel dieser alte Sitz der Gelehrsamkeit einem sinnlosen Bombardement zum Opfer.› (Es geht das Gerücht – für das ich allerdings keine Bestätigung erhalten konnte –, daß eine dieser Ansprachen einen Besucher bewogen hat, nach seiner Rückkehr in die USA zugunsten der Fakultät die Spende einer Gesellschaft für amerikanisch-deutsche Freundschaft in Höhe von hunderttausend Dollar zu organisieren!) Wenn es sich bei den Besuchern um Engländer handelte, pflegte er nur von den ‹traurigen Folgen jener tragischen Jahre› zu sprechen. Wenn die Besucher Franzosen waren, pflegte er still zu sein.

Häufig beobachtete ich auch, wie er Gruppen von Gymnasiasten durch die Stadt führte. Vor dem gewaltigen Dom, dem einzigen größeren Bauwerk in P., das die Bomben verschont hatten und dessen atemberaubende Schönheit sogar einen vom Glauben abgefallenen Katholiken wie mich berührt, pflegte N..., selber gläubig, zu sagen: ‹Ich überlasse es Ihnen, aus der *einzigartigen* Tatsache, daß allein dieses Bauwerk verschont wurde, die richtigen Schlüsse zu ziehen.› Ich glaube nicht, daß er diesen Satz noch wiederholt. Man hat mir nämlich berichtet, daß auf einem solchen Rundgang ein freches Mädchen den Mund aufgemacht und ihn gefragt habe, ob man irgendwelche Schlüsse daraus ziehen könne, daß nur wenige hundert Meter vom Dom entfernt das städtische Waisenhaus mitsamt allen Insassen den Bomben zum Opfer gefallen sei.

Jetzt werden Sie auch verstehen, warum mich seine Reaktion auf meine Frage nach Steinmann nicht überraschte. ‹In dieser unserer alten Fakultät›, fing er mit leicht gerötetem Gesicht, aber allem gebotenen Ernst an, ‹gibt es keine Skandale, mein lieber junger Freund. Professor Dr. Theodor Steinmann trat in den Ruhestand, als er fühlte, daß es an der Zeit wäre, den Weg für frisches junges Blut freizumachen.› – ‹Passend für uns›, fügte er nach einer Pause und mit einem Stirnrunzeln hinzu, das mir zu verstehen gab, daß meine Frage es zweifelhaft erscheinen ließ, ob ich hierher paßte.

Ich war damals in den letzten Tagen meiner Assistentenzeit zu beschäftigt, um all diesen Vorgängen viel Aufmerksamkeit zu widmen. Was mich damals interessierte, war der Anfang meiner Karriere, und solange Steinmann mir versicherte, daß er seinen beträchtlichen Einfluß nutzen werde, um mir den Ruf auf einen Lehrstuhl zu sichern, machte ich mir um das Ende seiner Karriere keine allzu großen Sorgen. Ich befand mich auf dem Gipfel meiner Überheblichkeit. Gerade hatte ich meine Habilitation abgeschlossen und Cleo geheiratet, die mir später sagen sollte, daß sie sich nicht sicher gewesen sei, welches der beiden Ereignisse ich für wichtiger gehalten hätte. Bald darauf fing ich an, – aus meiner damaligen Sicht – viel Geld zu verdienen, und ging in der ernsthaften Beschäftigung auf, unseren Reichtum zu verwalten. Der Aufgabe, die richtige Wahl für das Auto, die Stereoanlage, den Farbfernseher (die Videotechnik steckte damals noch in den Kinderschuhen), den Küchenherd, die Versicherungspolice und sogar für das Bett zu treffen, wandte ich mich mit der gleichen wissenschaftlichen Hingabe zu, die ich sonst darauf verwendete, meine Publikationsliste auszubauen. Als ich die Monatszeitschrift des Verbraucherverbandes abonnieren wollte, verdrehte Cleo die

Augen und sprach ein Machtwort. Ich schmollte und ging heimlich in die öffentliche Bücherei. (Der Bibliothekarin erzählte ich, daß ich über das Verbraucherrecht arbeiten würde.) Zum Glück hat Cleo dabei geholfen, mich von dieser Untugend, die unter meinen (und ihren) Kollegen so verbreitet ist, zu heilen oder sie zumindest einzudämmen. ‹Was liegt heute an?› fragt sie jedesmal, wenn wir bei Freunden eingeladen sind, ‹Antiquitäten, italienische Kleidung, signierte Lithographien› (wir gehören nicht zu den Leuten, die sich echte Gemälde leisten können) ‹oder Meißner Porzellan?›

Steinmann enttäuschte mich nicht. Ich erhielt meinen Ruf an ‹eine jener schrecklichen neuen Universitäten› (Bochum) – so erschien es mir (der ich Absolvent von P., dieser unserer alten Fakultät, war) damals. Nur wenige Jahre später kehrte ich als Professor nach P. an meine *alma mater* zurück und damit auch zu Steinmanns früher Emeritierung, einem Geheimnis, das einige Jahre lang mein Leben ganz in Anspruch nehmen sollte. Aber selbst damals war es der reine Zufall, der mich in die Sache hineinzog.

Außenseiter werden nicht das besondere Gefühl nachvollziehen können, das ich bei meiner Rückkehr nach P. empfand. Unsere Universitäten und besonders die juristischen Fakultäten sind beinahe in jeder Hinsicht die Nachbildung eines Feudalsystems. (Wenn ich dazu neige, beim Erzählen dieser Geschichte allzu belehrend zu werden, müssen Sie es mir verzeihen. Das geht auf die *déformation professionnelle* zurück.) Die Professoren sind natürlich die Grafen und Barone, die über ihre Untertanen herrschen – Studenten, Sekretärinnen und Assistenten. Assistenten! Die niedrigsten Untertanen von allen, da die Abhängigkeit von ihren Herren und Meistern so vollständig ist. Nach Jahren des Studiums und der Knechtschaft selber Professor zu werden, ist, als stiege man über Nacht von der Leibeigenschaft in den Adel auf, eine Veränderung, die so dramatisch ist, daß sie für gewöhnlich die schlechtesten Eigenschaften der Menschen zum Vorschein bringt. In dunklen

Augenblicken glaube ich manchmal, daß das System gerade aus diesem Grund so eingerichtet ist, wie es ist. Und je länger die Jahre ‹im Wartestand› sich hinziehen, um so fürchterlicher ist die Verwandlung. An seine alte Universität berufen zu werden, ist der krönende Sieg: die klarste Rechtfertigung für die Jahre der Plackerei, der Erniedrigung und manchmal auch der Demütigung. Es bedeutet, König mit eigenem Hof zu sein. Selbstverständlich erwartet man jetzt von mir, daß ich den armen Seelen, die danach streben, die Ränge unter mir einzunehmen, das gleiche Schicksal bereite.

Natürlich erregt keine Angelegenheit die Fakultät so sehr wie Berufungen. Das Verfahren der Auswahl eines neuen Professors ist sehr lang und streng. So sollte man jedenfalls glauben. Tatsächlich aber können die alten Hasen von Anfang an, bevor eine genaue Prüfung stattgefunden hat, mit unfehlbarer Richtigkeit sagen, welche der vielen Bewerber und sogar in welcher Reihenfolge schließlich auf die Berufungsliste gelangen, welche die Fakultät dem Minister übersendet. Das Auswahlritual ist eben dies: ein Ritual, das ersonnen worden ist, um denen, die es praktizieren, ein gutes Gefühl zu verschaffen.

Während eines solchen Verfahrens wurde ich wieder an Steinmanns vorzeitige Emeritierung erinnert. Es war ein besonderer Anlaß, weil die Fakultät darüber diskutierte, ob zum ersten Mal eine Frau auf eine Professorenstelle berufen werden sollte. Auf mich hatte sie in jeder Hinsicht einen sehr guten Eindruck gemacht, und da ich noch neu im Geschäft war, war ich mir sicher, daß wir sie berufen würden. Cleo, die gerade ihre Approbation erhalten und schon seit Jahren gegen das männliche Establishment des ärztlichen Berufsstandes gekämpft hatte, war da skeptischer. ‹Achte genau auf ihre Worte›, riet sie mir.

Die Fakultätssitzung, meine erste in P., fand Ende April statt. Ich erinnere mich noch deutlich daran, wie die Abendsonne durch die großen Fenster des Sitzungssaals strömte und jenes beruhigende honigfarbene Leuchten erzeugte, das sich mit der Holzvertäfelung zu einer Atmosphäre der Wärme vermischte, welche die Förmlichkeit des Anlasses milderte und ein Gefühl der Ruhe und der Stille herstellte. Als eines der jüngeren Mitglieder der Fakultät empfand ich Stolz, Demut und eine schwere Verantwortung. Zwei der älteren Mitglieder hielten die ersten Reden, sie sprachen mit bedächtiger Überlegung, und die Wörter, die sie verwendeten, der Weihrauch der akademischen Welt, ‹Tradition›, ‹Exzellenz›, ‹Gelehrsamkeit›, schwebten majestätisch durch die Luft und drangen kaum in den Trancezustand und die Träumereien ein, in die ich verfallen war. Die Sitzungsatmosphäre war nicht angespannt. Sie war ernst, feierlich: Die Fakultät dachte über ein neues Mitglied nach. Dann begann sich langsam, unmerklich, scheinbar als Ergebnis einer besonders geglückten Zusammenarbeit zwischen dem Regisseur, dem Beleuchtungsmeister und dem Drehbuchschreiber die Stimmung zu verändern. Als die Sonne verschwand und das Leuchten schwächer wurde, flossen die Sätze – keine einzelnen Wörter – nicht mehr so dahin, sondern schlugen ein, heftig, scharf und auf einmal fordernd. Und als das elektrische Licht anging, wurde die wahre Schäbigkeit des Sitzungssaals, eines mißglückten Architekturersatzes, deutlich und auch das Häßliche an der Sitzung.

Jeder, der das Wort ergriff, brachte zum Ausdruck, wie wünschenswert es wäre, eine Frau an die Fakultät zu berufen, ‹ohne natürlich die Maßstäbe zu senken›. Es handelte sich offensichtlich um eine dringliche Angelegenheit, weil die Fakultät in O. (einer anderen alten und deshalb mit P. rivalisierenden Institution) gerade die erste Frau berufen hatte und ‹dahinter könne man doch wohl nicht zurückbleiben?› Jemand bezweifelte tatsächlich, daß die Arbeiten von Privatdozentin L... ‹scharfsinnig genug› wären (man befand sich noch in den siebziger Jahren). Die jüngeren

Fakultätsmitglieder waren am strengsten. Einige waren natürlich erst außerordentliche Professoren nach C 3 und mußten an ihr Fortkommen denken. Aber es war nicht nur das. Wer als Letzter kommt, pflegt nun einmal die Tür hinter sich zuzuschlagen.

Als die Sitzung an einem gewissen Punkt angelangt war, ließ der alte Professor W..., der mir gegenüber saß, eine aufbrausende kurze Rede über ‹die Schande, keine Frauen an der Fakultät zu haben,› vom Stapel. ‹Ich bestehe darauf›, schrie er, ‹daß dieser historische Irrtum korrigiert wird.› Ich war beeindruckt, aber die allgemeine Reaktion der Versammlung auf diesen Ausbruch läßt sich nur als eine der Verzeihung beschreiben. Sie hatten damals bemerkt, was ich erst später verstehen sollte. Nur weil sein Erzrivale und Feind K..., ein bekannter Weiberfeind, der Frauen noch nicht einmal zur Promotion annimmt (die meisten Kollegen vermeiden es, sie zur Habilitation anzunehmen), eine üble Rede gehalten hatte, in der er die in der Fakultät zu beobachtende ‹mangelnde Standfestigkeit gegenüber amerikanischen Modeströmungen› geißelte, hatte sich W... veranlaßt gesehen, die Gegenposition einzunehmen.

Und dann, mitten in dem erhitzten Wortwechsel der beiden alten Titanen, geschah es, daß mein Nachbar zur Rechten nicht daran dachte, wie neu ich noch war, sich mir zuwandte und murmelte: ‹Mein Gott, gibt es jetzt wieder so einen Skandal wie damals bei Steinmann?› Erschrocken über die Indiskretion, die er offenbar begangen hatte, weigerte er sich, auch nur eine meiner drängenden Fragen zu beantworten.

2

An jenem Abend kam ich als erster nach Hause. Damals, als ich ständig nervös war, weil ich unter dem Druck stand, mich durchzusetzen, und Cleo im ersten Jahr nach ihrem Staatsexamen als Assistenzärztin am Allgemeinen Krankenhaus in P. eine ebenso anstrengende Zeit durchmachte, war es normal, daß wir spät nachhause kamen, müde und abgespannt. Fragen Sie irgendeinen Ihrer Freunde, der eine Scheidung hinter sich hat. Häufig setzt die Entfremdung gerade dann ein, wenn die vollständige Inanspruchnahme durch eigene Angelegenheiten zu der Unfähigkeit führt, dann Hilfe anzubieten, wenn sie am dringendsten gebraucht wird. Gegen alle Wahrscheinlichkeit erreichte unsere Ehe gerade in jener Zeit einen begnadeten Zustand.

Unser Rezept für den Umgang mit den scharfen Spannungen zwischen uns war einfach: ein Ritual. Wer zuerst nachhause kam, deckte den Tisch und bereitete das Abendessen vor. Der Tisch sah immer gleich aus: frischer Salat, teurer Käse (der einzige Luxus, den Cleo zuließ), dunkles Vollkornbrot, Olivenöl, Obst und italienischer Wein. Den Wein und das Olivenöl betrachteten wir nicht als Luxus; sie waren uns zur Notwendigkeit geworden. Das alles war das Ergebnis eines Sommers, den wir mit Freunden (Antiquitäten und Teppiche) verbrachten, die das Glück hatten, einige Jahre in Florenz zu arbeiten, und die in einem alten Steinhaus im Mugello lebten, einem unbekannten Teil der Toskana. An den langen heißen und träge machenden Tagen widerstanden wir (dank

Cleo natürlich) meinem zwanghaften Drang, herumzuhetzen und alle Kirchen und Museen in der Gegend zu besichtigen; stattdessen verbrachten wir Stunden am großen steinernen Tisch unserer Freunde unter ihrem schattigen Nußbaum und tunkten fades Brot aus Florenz in etwa ein halbes Dutzend unterschiedliche Arten Olivenöl, lernten es, sie nach Farbe, Konsistenz und Aroma (Säure!) zu unterscheiden, und diskutierten dann, während wir mit vor Verliebtheit verhangenen Augen heimlich an die bevorstehende Siesta dachten, in welcher Zusammenstellung sie am besten zu den überreifen Feigen und dem schweren Bukett der Barolos und Brunellos paßten. (Seltsam, daß wir in dem Jahr, in dem wir die Toskana besuchten, von den Chiantis abließen.)

Unsere Wohnung in P. war kein toskanisches Steinhaus. Und überreife Feigen waren schwer zu bekommen. Aber wir hatten die von uns bevorzugten Sorten Olivenöl und Wein und konnten uns sogar in einer Hinsicht gegenüber der Toskana verbessern: richtigem Brot. Bis zu unserer Hochzeitsreise nach Schottland hatten wir dieser einheimischen Kostbarkeit gar keine besondere Aufmerksamkeit geschenkt. Jeden Tag fuhren wir durch acht Stunden Regen (Sie können mir glauben, daß es die ganze Zeit über so schüttete, daß es nichts anderes zu tun gab), nur um ein sogenanntes Bed-and-Breakfast-‹Hotel› zu erreichen, wo man uns fettes, gebratenes Essen und plastikähnliches Weißbrot vorsetzte. Da wir keinen Whisky oder warmes Bier trinken, gab es keine kulinarischen Tröstungen. Unsere zunehmende Frustration konzentrierte sich auf jene dünnen vorgeschnittenen Brote. Als wir von unserer Reise, die in jeder Hinsicht eine Katastrophe war, zurückkehrten, hielten wir auf dem Weg vom Flughafen an einer Bäckerei, um aus dem Angebot das dunkelste, schwerste, krümeligste Brot, das vom Backofen noch warm war, auszuwählen. Schon sein Geruch, das Aroma, das ein kaltes Bier an einem heißen Sommertag auf dem Land hat, reichte aus, um die gesamte Erinnerung an keltische

Schauer und Kälte und Nieselregen zu verscheuchen. Zuhause schnitt ich feierlich das Brot, Cleo bestrich es mit Butter, und wir mampften drauflos. Nach den allerersten Bissen stellte sich Cleo auf einen Stuhl, hielt die angebissene Scheibe hoch in die Luft und bot mit imitierter Opernstimme ihre Fassung von *Deutschland, Deutschland über Alles* dar, während ich mich hemmungslos lachend auf dem Fußboden wälzte.

Deshalb verfügten wir jetzt über ein kleines Ritual, das etwas von der Gelassenheit unserer Italienreise bewahrte. Wir saßen da, aßen langsam, sehr langsam, sahen uns dabei an (was zuerst, bevor wir uns daran gewöhnten, einige Anstrengung erforderte und beinahe peinlich war) und entspannten uns allmählich. Wir liebten es (und tun es heute noch), die Farben unseres Mahls zu genießen: das dunkle Brot mit dem hellgrünen frischen Salat, den weißen Käse mit der reichen dunklen Bernsteinfarbe des Barolo. Cleo erzählte mir dann von ihrem Tag im Krankenhaus und nahm sich dabei Zeit. Ich lernte es, ihr zuzuhören, was ich, wie mir auffiel, vorher nicht getan hatte. Dann lächelte sie; und ich lächelte auch. Ihre Anspannung verflüchtigte sich spürbar; das gleiche geschah mit meiner. Übertreibe ich, wenn ich sage, daß unsere Ehe einen begnadeten Zustand erreichte?

An jenem Abend fühlte ich mich prächtig vor lauter Abneigung, Empörung und Selbstgerechtigkeit. (Privatdozentin L... hatte es nicht geschafft, auf die Berufungsliste zu kommen; das Niveau konnte gerettet werden.) Ich war auch wirklich erregt. Cleo nahm die Sache gelassen auf. Im Unterschied zu mir war sie nicht überrascht und unterließ die Frage, warum ich, der schon Ordinarius nach C 4 war, kein Wort zur Verteidigung der Bewerberin gesagt hatte. (‹Es war meine erste Sitzung›, sagte ich Monate später, als sie mich schließlich fragte, und fühlte mich durch den Eifer erniedrigt, mit dem sie mir beipflichtete und schnell das Thema wechselte.)

Aber es war Steinmann, der unsere Köpfe in Beschlag nahm. Privatdozentin L... war für uns schließlich nur ein Name. Steinmann war dagegen ein wirklicher Mensch. Cleo und ich bewunderten ihn. Ich war zwei Jahre, nachdem ich mit meiner Doktorarbeit angefangen hatte, sein Assistent geworden, als durch einen glücklichen Zufall (das heißt für mich, nicht für die Allgemeinheit) mein damaliger Doktorvater zum Richter am Bundesverfassungsgericht gewählt wurde. Ich schloß meine Dissertation und Habilitation unter Steinmanns Anleitung ab und war vier Jahre lang sein Assistent. Er war anders als alle anderen Professoren an der Fakultät. Natürlich war er zynisch (das sind wir alle); aber sein Zynismus war engagiert, und er behandelte seine Assistenten mit wirklicher Achtung. Wir hatten den Verdacht, daß er uns tatsächlich mochte. Nie setzte er seinen Namen unter ein Werk, das er nicht von Anfang bis Ende selbst geschrieben hatte. Seine Publikationsliste war deshalb kürzer als die der meisten seiner Kollegen, aber seine seltenen Veröffentlichungen wurden stets beachtet und mit großem Beifall aufgenommen. Steinmann ging selten auf Reisen und lehnte es regelmäßig ab, an Tagungen teilzunehmen, was seinen Ruf noch weiter festigte. Er lebte tatsächlich die *vita contemplativa*; er predigte nicht nur darüber. Die Macht seiner Persönlichkeit war offenkundig, die Leute hatten ein kleines bißchen Angst vor ihm, ein Umstand, der ihm wirklich Sorgen und ständige innere Kämpfe bereitete. Steinmann war darin außerordentlich erfolgreich, seine Assistenten unterzubringen, was uns – da bin ich mir sicher – zum Ziel des Neides aller anderen Assistenten an der Fakultät machte. Ich war mir nie sicher, ob Steinmann das wußte (ich habe den Verdacht, daß er es wußte). Wir bewunderten ihn.

Nur ein einziges Mal gab Steinmann offen seine Zurückhaltung auf, und das war auf unserem Hochzeitsempfang, als er zum erstenmal Cleo begegnete. Für mich war das keine Überraschung, weil nur wenige Leute Cleos entwaffnender Spontaneität widerstehen können. (Ich entsinne mich, daß ich einmal an unserem Badezimmer vorbeikam und sie in der Annahme, daß sie gerade dabei sei, sich zu waschen, durch die geschlossene Tür hindurch etwas fragte. Ich konnte ihre Antwort nicht ganz verstehen, und als sie dann ihre Worte wiederholte, öffnete sie schwungvoll die Tür. Da saß sie auf der Toilette, das leichte Baumwollkleid bis zur Taille hochgeschoben, den Slip am unteren Ende ihrer langen dünnen Beine, und urinierte. Sie blickte auf mich und den sehr seltsamen Gesichtsausdruck, den ich gehabt haben muß, streckte die Hand aus, wobei sie mit theatralischer Eleganz ein Papiertuch zwischen ihren Fingerspitzen hielt, führte die Hand in einer fließenden Wellenbewegung wie der einer Ballerina in Schwanensee tief zwischen ihre leicht geöffneten Oberschenkel und wischte sich ab. Dann gewährte sie mir die Spur eines Lächelns, wobei sie mit einer kleinen herausfordernden Geste das Kinn vorstreckte, sagte feierlich: ‹Pipimachen und abwischen!› und schloß die Tür wieder mit Schwung. So ist Cleo.)

An unserem Hochzeitsabend bemerkte ich, wie sie sich mit Steinmann unterhielt und ihm danach ihr gewinnendstes Lächeln schenkte. Sie nennt es ihr Sehr-gut-Lächeln und sagt, daß sie anfangen werde, davon häufigeren Gebrauch zu machen, wenn wir Juristen anfingen, diese Note häufiger zu geben. Sie sollten es einmal sehen! Cleo ist groß und schlank, hat leichte Sommersprossen und hellbraunes Haar. Obwohl sie nicht eigentlich schön ist, hat sie ein eindringliches und deshalb attraktives Gesicht. Sie lächelt viel, hat aber immer, sogar wenn sie lacht, einen in gewisser Weise entschiedenen Blick, als ob sie einen geheimen Kummer hätte. Außer wenn sie eben ihr Sehr-gut-Lächeln zeigt, das zugleich hell, glänzend und warm ist. Ich konnte es kaum abwarten, zu erfahren, was Steinmann gesagt hatte, um den ersten Preis zu erhalten (den ich so selten gewinne). Cleo hielt mich stundenlang zum besten: ‹Es war etwas Persönliches; etwas über dich, was nicht für deine Ohren bestimmt war›; und dann resignierend: ‹Du gefällst ihm›; und dann, als es klar wurde, daß wir im Begriff standen, in unserer Hochzeitsnacht einen Kampf auszutragen (was, wie ich mir vorstellen kann, eine unausgesprochene, aber ehrwürdige Tradition hat): ‹Er sagte etwas darüber, daß du ganz passabel wärst, aber er gebrauchte ein anderes Wort, und ich beginne jedenfalls schon an seiner Intelligenz zu zweifeln›, was – typisch für Cleo – mein Gefühl der Freude über Steinmanns Kompliment mit Verlegenheit und Scham vermischte.

Und jetzt waren wir auch verlegen. Seit wir ‹siegreich› nach P. zurückgekehrt waren, hatten wir Steinmann nur einmal gesehen, nämlich auf dem Empfang, den die Fakultät zu unserer Begrüßung gegeben hatte. Es wurde uns bewußt, daß er allein lebte. Da wir nun wußten, daß seine Emeritierung wohl tatsächlich mit einigem Verdruß vonstatten gegangen war (mein Kollege hatte sogar das Wort ‹Skandal› benutzt), hatten wir das Gefühl, wir hätten ihn eigentlich häufiger besuchen müssen. Und dann wollten wir auch die Geschichte herausbekommen, die hinter der Emeritierung steckte.

Es war draußen schon dunkel, als wir zu den Weintrauben (große, schwarze Sizilianer, die ich gern poliere und die Cleo gern schält) kamen, und als wir den stets zuverlässigen Barolo tranken, fühlten wir uns in der Stille unseres großen, kargen Wohn- und Eßzimmers mit seiner hohen Decke und seinem stark gedämpften Licht leicht unbehaglich. Auf Cleos Bitte versuchte ich, mich an die näheren Umstände von Steinmanns Emeritierung zu erinnern.

Etwa sechs oder sieben Monate vor seiner Ankündigung schaute Steinmann in meinem Büro vorbei, was er vorher noch nie getan hatte, war leicht aufgeregt (oder habe ich das später hinzugefügt?) und erklärte, daß er Mitglied der Berufungskommission für den zweiten Lehrstuhl für öffentliches Recht sei. Ich war ein wenig überrascht, weil ich wußte, daß er derartige Aufgaben immer ablehnte, obwohl er praktisch jedesmal darum gebeten wurde, wenn eine Berufung anstand. Ich hatte ihn einmal gefragt, warum er stets ablehnte. ‹Sie gleichen sich alle so sehr›, hatte er über die Bewerber gesagt und dabei kaum seine Verachtung verborgen. ‹Ein «Gut» oder «Sehr gut» im ersten und zweiten Staatsexamen, Promotion und Habilitation mit einem «Summa», ein Jahr in Harvard oder Michigan oder Berkeley, gutes Englisch, schlechtes Französisch, und einige erwähnen sogar, daß sie Klavier spielen.› Ich war dafür dankbar, daß es nicht meine Art ist zu erröten, denn diese Beschreibung hätte auch auf mich gepaßt. Kurz zuvor hatte er mir ein Empfehlungsschreiben für Amerika (Columbia) ausgestellt und in meinem Lebenslauf pflegte ich (heute nicht mehr) zu erwähnen, daß ich aquarellierte.

Diesmal stellte ich keine Fragen, aber Steinmann gab mir die Akte eines Bewerbers, eines Jacob Weiss, und bat mich um meine Meinung. Nun, sie *sind* sich alle etwas ähnlich, und Weiss machte da keine Ausnahme, Klavier und dergleichen. Aber seine Noten waren zwar beachtlich, doch nicht aufsehenerregend; er hatte weder im ersten noch im zweiten Staatsexamen ein ‹Gut›, was ihn nach meiner Einschätzung zurecht nicht für P. in Betracht kommen ließ. Als Steinmann mich deshalb (ein wenig gespannt?) fragte, was ich dächte, sagte ich etwas wie, daß ich gern auch die Unterlagen der anderen Bewerber sehen würde. Seine Reaktion darauf, die ich damals verdrängte, aber jetzt Cleo in allen Einzelheiten beschrieb, war seltsam. Ich sehe ihn noch vor mir, hochgewachsen, schlank und nachdenklich und dieses eine Mal ohne einen Anflug von Zynismus; und dann ‹ja, ja, die anderen Bewerber› und schließlich, beinahe wie zu sich selbst geflüstert, ‹vielleicht könnte dieser den Verlust von Leon wettmachen.›

Etliche Jahre später, unsere Gläser waren fast leer, und auf dem Tisch stand ein kleiner Teller mit dünnen Schalen, rechneten Cleo und ich aus, daß Steinmann seine Emeritierung angekündigt hatte, kurz bevor der zweite Lehrstuhl für öffentliches Recht besetzt worden war, und daß, als die Berufungsliste bekannt geworden war, kein Weiss darauf gestanden hatte. Konnte das der Grund für seinen Abschied sein?

Und als dann Cleo in ruhigem, sachlichen Ton zu sprechen anfing, stieg in mir das zaghafte, aber unangenehme unterschwellige Gefühl der Anspannung oder des Unwillens oder der Beklemmung oder der unterdrückten Wut oder aller oder einiger dieser Regungen hoch; das ‹Gott, nicht das schon wieder›, das – wenn auch schwach – immer gegenwärtig ist, wenn wir, das heißt Menschen aus meiner Generation und meiner sozialen Schicht, die wir die *FAZ* oder die *Zeit* oder den *Spiegel* oder alle drei lesen, jüdischen Menschen oder der ‹jüdischen Frage› gegenüberstehen. (Auch nur ‹Juden› zu sagen, läßt uns vor Nervosität leicht zusammenzucken.) ‹Jacob Weiss ist wohl ein jüdischer Name, und ist nicht auch Leon oft ein jüdischer Name?› fragte Cleo.

So wie Sie sich jetzt vielleicht fragen: ‹Soll ich wirklich weiterlesen? Ich ahne doch schon, daß das wieder eine von *jenen* abgestandenen alten Geschichten ist›, so fühlte ich mich damals, als ich grimmig die Reste auf dem Tisch betrachtete, Essensbrocken, die auf einmal farblos erschienen.

Wenn Sie der widerstrebende, skeptische, ungeduldige Typ sind, möchten Sie vielleicht sofort die letzten beiden Seiten aufschlagen, damit Sie beruhigt sind. Ich möchte Ihnen ein kleines Geheimnis verraten. Als ich mich daran setzte, diese Ereignisse aufzuschreiben, habe ich die letzten Seiten zuerst geschrieben, weil sie mir die Kraft gaben. An jenem Abend hatte ich indessen keine Wahl. ‹Hast du Steinmanns Nummer?› fragte Cleo, als sie sich erhob, um das Telephonbuch zu holen. Noch keine fünf Minuten waren vergangen, als sie nach einer kurzen Unterhaltung am Telephon verkündete, daß wir zum Tee in Steinmanns Haus eingeladen seien. Schon der Gedanke daran machte mich nervös.

3

Zu jener Zeit hätte ich Ihnen nicht sehr viel über Steinmann erzählen können. Ich wußte, daß er in den dreißiger Jahren berufen worden war und zu den dienstältesten und besonders angesehenen Fakultätsmitgliedern gehörte. Er hatte ein hageres, glattrasiertes, zerfurchtes Gesicht und volles silbergraues Haar. Seine Stimme war leise, forderte aber Aufmerksamkeit, und er sprach langsam in einem wunderbaren, fast archaischen Deutsch. Manche Leute sagten, daß es das Deutsch der zwanziger Jahre sei. Obwohl er sich nur langsam bewegte, wirkte er keineswegs gebrechlich. Er füllte genau die Rolle aus, welcher der frühere Dekan sich so verzweifelt zu entsprechen bemühte. Daß Steinmann nicht verheiratet war und es auch nie gewesen war, war schon alles, was ich über sein Privatleben wußte. Ich frage mich, wieviel mehr seine älteren Kollegen wußten. So wie man unsere verklemmten Fakultäten kennt, wahrscheinlich nicht viel.

Mit seinem Namen waren einige Legenden verknüpft. Drei davon sind berichtenswert. Mitte der sechziger Jahre hielt er – nur zweimal – ein Seminar über das Thema *Die Geschichte des öffentlichen Rechts von Weimar bis zur Gegenwart* ab. Schon das Thema des Seminars verursachte einiges Stirnrunzeln. Selbst heute noch meinen manche Leute, daß die seriöse rechtsgeschichtliche Forschung erst bis Weimar gekommen sei. Das Mißfallen verwandelte sich in Bestürzung, als berichtet wurde, daß er sich mit dem Werk lebender Autoren befasse. Man befand sich noch in der Mitte der sechziger

Jahre, und der politische Spaß hatte noch nicht angefangen. Im ersten Jahr trugen sich nur elf Studenten für das Seminar ein, im zweiten 17. Nachdem ich einige Wochen lang alte Akten gewälzt hatte, gelang es mir, zwei ehemalige Studenten zu finden, die an dem Seminar teilgenommen hatten. B..., der heute an der juristischen Fakultät in G. Rechtsgeschichte lehrt, erinnert sich daran, daß Steinmann – anders als in seiner Hauptvorlesung, in der er höchst charismatisch auftrat – bis zum Wahnsinn trocken und pedantisch gewesen sei. Mehr als ein Jahrzehnt nach seiner Studentenzeit sprach B... nur widerstrebend über den Lektürestoff und die gestellten Aufgaben. ‹Jeder von uns mußte das Werk eines Autors vorstellen.› Offenbar hatte Steinmann sie die Publikationslisten überprüfen lassen, die mit Billigung der Autoren in Festschriften und Nachschlagewerken abgedruckt waren. Sie verglichen diese dann mit bibliographischen Angaben, die sie aus Bibliotheken und Verzeichnissen juristischer Literatur herausgesucht hatten, und fanden auf diese Weise die Arbeiten, welche die Autoren in ihren offiziellen Publikationslisten lieber weggelassen hatten. ‹Es war schon peinlich, aber Steinmann gab dazu nie einen Kommentar ab oder machte auch nur die geringste nachteilige Bemerkung über die Fehltritte seiner Kollegen.› Der zweite Eindruck stammt von einem jetzt in Stuttgart praktizierenden Rechtsanwalt. ‹Steinmanns Seminar? Kommunistische Propaganda!› Im dritten Jahr, 1968, trugen sich mehr als 200 Studenten für das Seminar ein. Steinmann sagte es daraufhin sofort und ein für allemal ab.

Die beiden anderen Geschichten hängen tatsächlich mit den Ereignissen von 1968 zusammen. Eine Abordnung des Studentischen Aktionskomitees wandte sich an ihn als ersten unter seinen Kollegen, um seine Unterstützung für ihre Forderungen und ihr Programm zu gewinnen. Mit einiger Anstrengung gelang es mir, jemanden zu finden, der bei dem Treffen in Steinmanns Büro dabeigewesen war. (Heute ist er Journalist bei der *Süddeutschen Zeitung*;

schon die Erwähnung seiner Initialen könnte seine Identität enthüllen.) Anscheinend hörte Steinmann sich geduldig ihre ‹historische Analyse, mit der Sie, Herr Professor, zweifellos sympathisieren,› an. Die Legende will es so, daß Steinmann ihnen an diesem Punkt würdevoll die Hand gab und sie hinauswarf. Aber nicht jede Legende ist wahr. Tatsächlich sprach er zu ihnen. (‹Das werde ich nie vergessen›, kommentierte der Journalist.) ‹Ich bewundere wirklichen Mut und verabscheue leichtfertige historische Vergleiche›, sagte Steinmann. Und fügte dann hinzu: ‹Heute gibt es von dem einen zuwenig und von dem anderen zuviel. Kommen Sie wieder, wenn Sie dieses Verhältnis umgekehrt haben.› Es war nicht nötig gewesen, sie hinauszuwerfen. Und dennoch wurde Steinmann während der gesamten folgenden Unruhen nie das Ziel eines Angriffs, nicht einmal in einem Flugblatt, noch wurde er zur Zielscheibe studentischer Boykottmaßnahmen.

Da ich niemanden finden konnte, der sich an die Tatsachen erinnert, die der dritten Legende zugrunde liegen, muß ich die Geschichte ohne Anmerkungen erzählen. Cleo freut sich darüber; sie meint, daß die Wirklichkeit für gewöhnlich die besten Anekdoten ruiniert. Die meisten Fakultätsmitglieder waren natürlich während der achtundsechziger Ereignisse von den Unruhen schockiert. Wer davor Angst hatte, offen den Kommunismus anzuprangern, wandte sich gegen ‹alle Arten des Totalitarismus›. Aber alle, ob sie nun einen harten oder weichen Kurs verfochten, betonten die Notwendigkeit, ‹für die Grundsätze einzustehen›. Die Fakultätssitzungen müssen eine heiße Angelegenheit gewesen sein. Hier will es die Legende, daß Steinmanns einzige Einmischung in eine solche Sitzung darin bestanden habe, sich an eines der älteren Fakultätsmitglieder zu wenden, dessen Eifer, für die Grundsätze einzustehen, ihn dazu gebracht hatte, sich während seiner Rede zu erheben, und zu sagen: ‹Karl, setz dich wieder hin; meinst du nicht, daß es für unsere Generation zum Aufstehen zu spät ist?› Zweifellos war es das erste und letzte Mal, daß ein Fakultätsmitglied auf einer Fakultätssitzung beim Vornamen genannt und geduzt wurde. Allein der in seiner doppelten Bedeutung so kluge Kommentar bewirkte das Ende der völlig verblüfften Sitzung.

Jetzt verstehen Sie, warum Steinmann mit mehr als normalem Respekt behandelt wurde. Und Sie verstehen vielleicht auch, warum mich der bevorstehende Besuch nervös machte.

P. ist eine kleine Stadt, und Steinmann lebte (‹passend›, wie Cleo befand) am Stadtrand. Nicht in einem Randbezirk, sondern wirklich am äußersten Rand. Große Städte haben keine richtigen Grenzen: weiß man, wo München oder Hamburg oder, was das betrifft, New York tatsächlich aufhören? Kleine Städte wie P. sind wie kleine Inseln: man biegt um die Ecke, man erreicht die letzte Häuserreihe, und dann – zunächst mit einem leichten Schock, dem ein Gefühl der Entgrenzung folgt – starrt man plötzlich wie wir bei jenem ersten Besuch in Steinmanns Haus auf das Wogen des reifen, flachsfarbenen Weizens in einem sommerlichen Strom, oder, wie es uns über ein Jahr später bei unserem zweiten Besuch geschah, auf die glitzernden dunklen und nassen Bäume, die vor einem noch dunkleren Himmel heftig im Wintersturm schwankten.

Während der kurzen Fahrt, bei der Cleo am Steuer saß, dachte ich laut darüber nach, wie ich das Thema anschneiden wollte. Jedesmal fing ich mit ‹Herr Professor› oder etwas kühner mit ‹Professor Steinmann› an. Obwohl wir inzwischen Kollegen waren, war ich damals nicht in der Lage (und bin es selbst heute noch nicht), ihn als irgend etwas anderes zu sehen.

Wir waren noch nie bei Steinmann zuhause gewesen, aber sogar zu jenem Zeitpunkt, Jahre nachdem ich sein Assistent gewesen war, erschien es uns als eine Störung, eine fast ungehörige Bloßstellung. Steinmann lebte allein in einem eingeschossigen Bungalow, etwas anders als Peter Kien, der inmitten seiner Bücher in einem Stadthaus mit hohen Wänden lebte. Aber warum hätte er schließlich anders leben sollen als die meisten anderen Akademiker im Ruhestand? Der Weg, der zum Haus führte, war makellos, beinahe schon steril. Und obwohl der Garten die Ordentlichkeit selbst war, fand sich kein Anzeichen liebevoller Pflege. Der Rasen war durch weißen Kies ersetzt, und bei den Pflanzen handelte es sich um winterharte Arten, die mit sehr wenig Pflege auskommen. Ein Gartenbaubetrieb konnte mit vier Besuchen im Jahr alles in Ordnung halten. ‹Also, ein *porco* ist er jedenfalls nicht›, bemerkte Cleo, als wir auf die Eingangstür zugingen.

Cleo hatte eine Theorie aufgestellt, nach der alleinstehende Männer entweder in äußerst schmutzigen oder in äußerst sauberen Umständen leben. Ich erinnere mich an meine Reaktion, als sie mich – kurz nach Aufnahme unserer Beziehung, als sie anfing, gelegentlich über Nacht in meiner Wohnung zu bleiben – (mit völlig harmloser Miene) fragte: ‹Was findest du schlimmer: ein *porco*› (sie verwendete tatsächlich – mit viel Genuß und rollendem R – das italienische Wort) ‹oder ein Analcharakter zu sein?› Wenn Sie sich schon einmal mit einem sehr scharfen Messer geschnitten haben, wissen Sie, wie mir zumute war. Sieht man das Blut fließen, folgt zunächst ein kleiner Schock des Unglaubens, daß es wirklich passieren konnte; erst danach empfindet man das Unangenehme der Verletzung. Zu hören wie Cleo den klinischen Begriff verwendete, dessen Beigeschmack von Vulgarität den jedes unanständigen Wortes übertrifft, war der kleine Schock. Und als ich dann begriff, daß sie mich meinte, empfand ich mehr als ein bloßes Unbehagen. Wenn ich mich beleidigt oder schikaniert fühlte, pfefferte ich schon mal die Zeitung auf das Sofa oder ließ beim Betreten des Hauses den Mantel auf den Fußboden fallen. Allerdings hob ich die Sachen nur einen Moment später wieder auf, ohne es auch nur zu bemerken, und brachte das Haus wieder in Ordnung. Oft ist der Anfang einer neuen Beziehung der Zeitpunkt, in dem man sich über sich selbst die meisten Gedanken macht. So machte ich mir zu jener Zeit auch Gedanken über meine depressiven Schübe und über meine Reaktion auf Alkohol – die Gewalt lag so dicht unter der Oberfläche –, bis Cleo mich eines abends in die Arme nahm und sanft sagte: ‹Ihr armen Kerle› (sie verwendete den Plural), ‹ihr könnt jene Jahre nicht ungeschehen machen, den Schmerz, den Haß, das viele Schweigen. Geht mit euch selber freundlich um.› Ich hatte ihr nie etwas über meine Kindheit erzählt, die ich sogar vor mir selbst verborgen halte. (Inzwischen glaube ich, daß meine Misere als Opfer der letzten (?) Generation autoritärer Väter weit alltäglicher ist, als ich angenommen hatte.) Aber ich hörte auf Cleo, und mein Verhalten wurde mit der Zeit weniger zwanghaft. Ich weiß allerdings immer noch nicht, welchen von beiden, den *porco* oder den anderen Typ, Cleo für schlimmer hält.

Als Steinmann uns in den Hausflur geleitete, in dem dieselbe sterile Atmosphäre herrschte wie im Garten, schoß mir aus keinem erkennbaren Grund das Bild einer gerade mit dem Wasserschlauch gesäuberten Fleischwarenfabrik durch den Kopf, etwas, das ich nur im Kino gesehen hatte. Wir waren zum ‹Tee› eingeladen, aber dies war nicht die langweilige Teegesellschaft eines Junggesellen, auf der dänische Butterkekse aus der Blechdose angeboten werden und die Teebeutel über den Becherrand hängen. Es gab Kuchen (drei verschiedene Arten – darunter eine Eistorte!), frisch zubereitete belegte Brote (jene kleinen weißen Dreiecke), norwegischen Kaviar mit Kapern und Crackern, offensichtlich alles extra bestellt und keine Stunde vor unserer Ankunft geliefert. Es gab ein erlesenes silbernes Teeservice und, ja doch, Meißner Porzellan (heute gehören diese Sachen uns). Das Meißner war ein wenig abgestoßen und wurde mit solcher Gleichgültigkeit behandelt, daß sogar Cleo dazu bereit war, seine Existenz zu entschuldigen.

Steinmann war beim Tee ein hoffnungsloser Fall. Es mußte lange her sein, daß er Gäste bewirtet hatte. Das Anschneiden des Kuchens mißlang ihm vollständig, und immer wieder fragte er uns, wie wir den Tee gern hätten, der in der Küche zog. Mit vollendetem Charme sagte Cleo: ‹Am besten kümmere ich mich mal darum› und grinste mich verstohlen an. Sie wollte wohl die Küche ausspionieren.

Dies alles habe ich später rekonstruiert. Damals wartete ich unruhig auf eine zwanglose Gelegenheit, den Grund unseres Besuches anzusprechen. ‹Nachdem jeder ein Stück Kuchen gegessen hat; nach der ersten Tasse Tee; nach der zweiten Portion, wenn alle aufgehört haben zu essen und das Klirren der Teller nicht mehr stört›, sprach ich die ganze Zeit über zu mir selbst. Aber dann sagte Cleo, die sich wieder zu uns gesellt hatte, einfach: ‹Herr Steinmann, wir sind hier, um Sie zu besuchen und Guten Tag zu sagen; aber wir sind auch gekommen, weil wir mehr über Leon erfahren möchten.› – ‹Leon Oppenheimer?› fragte er, sichtlich überrascht, etwas entgeistert, vielleicht sogar ängstlich und erregt, ‹Was wissen Sie über ihn?›

Das anschließende Gespräch mit Steinmann war traurig, weil die Bürde seiner Einsamkeit nicht zu übersehen war. Eigentlich war es gar kein richtiges Gespräch. Sie kennen den Typus, den er wie so viele von uns verkörpert: reich an Gefühlen, aber arm an der Fähigkeit, sie auszudrücken. Er enthüllte nichts, was einen Bezug zu seiner Emeritierung hatte, und weder Cleo noch ich brachten es fertig, ihn direkt danach zu fragen oder gar die Fakultätssitzung und den Hinweis auf einen Skandal zu erwähnen. Bemerkenswert war aber, wie er unsere Frage nach Leon beantwortete: er händigte uns eine Art Tagebuch aus, das er in den vierziger Jahren geschrieben hatte. Es war kein richtiges Tagebuch, da es nur drei Einträge enthielt, die alle im Jahre 1943 während eines Zeitraums von sechs Wochen geschrieben worden waren. Es hieß bei uns später sein Journal. Es hatte die Form eines sehr langen und unzusammenhängenden Briefes an Leon Oppenheimer, seinen lieben vertrauten Freund aus der Schul- und Studienzeit, und erinnerte an die Jahre, die sie in Bremen, Oxford und London zusammen verbracht hatten.

Warum gab er es gerade mir? Damals hätte ich diese Frage nicht beantworten können. Mir war klar, daß es mehr als schlichtes Vertrauen war. In dem Geschenk lag wirkliche Zuneigung. Aber es gab noch andere Gründe, die ich allerdings erst später zu schätzen lernte, wie auch Sie es tun werden.

Es wäre falsch und sinnlos, das Journal selbst wiederzugeben. Steinmann hat nie gesagt, daß wir das tun dürften, und einiges davon ist zu persönlich. Auf jeden Fall sind die Eintragungen selbst sehr unvollständig und ergeben nicht immer einen Sinn. Aber sie waren die Spur, der Köder und das Licht, die mich auf einen Weg zwangen, der viele Tausend Kilometer lang war und für den ich – kaum zu glauben – mehr als zwei Jahre benötigte. Die erste Reise führte mich nach Bremen.

4

Für die Reise nach Norden nahm ich den Abendzug. Die Nachmittagssonne war stark und kräftig, nahezu strahlend, was aber, wie Cleo einmal gesagt hat, im Juli zu entschuldigen ist. Ich war aufgeregt, was zumindest teilweise – so sagte ich mir jedenfalls – daran lag, daß ich für die Strecke schwärme, die am Rhein entlang führt. Ich schrecke vor keinem Vorwand zurück, um besonders im Sommer diese Strecke zu fahren. Wenn die Tage länger werden, nimmt die Zahl der Lastkähne auf dem Fluß zu, und mit im Wind wehender Wäsche, bellenden Hunden und halbnackten Schiffern auf Deck erscheinen sie fröhlich und verlockend. Und der Zug, den normalerweise ernsthafte Geschäftsleute belasten, die eifrig damit beschäftigt sind, das Volksvermögen noch weiter zu vermehren (natürlich), verströmt die ansteckende und sorglose Atmosphäre von Urlaubern, die mit ihren lärmenden Kindern darauf aus sind, ihre ureigenen privaten Schatztruhen zu leeren.

Ich habe immer wieder versucht, die Stimmung, in der ich mich auf jener Fahrt befand, nachzuempfinden, weil die Zugreise nach Bremen mit ihren traumähnlichen Motiven und den Vorzeichen künftiger Ereignisse die Ouvertüre war. Als der Tunnel der Nacht langsam anfing, den schnell dahinfahrenden Zug zu umschließen, fühlte ich mich noch benommen und weit entfernt. Aber dann begann die scharlachrote Schlacht zwischen dem immer schwächer werdenden weißen Licht und der vordringenden Dunkelheit mich in ihrer unwiderstehlichen Mischung aus Ekstase, Ruf und Echo zu fesseln. Die Schatten wurden länger und reichten in mich hinein, und einen kurzen Augenblick lang war ich wieder der kleine Junge, der mit klopfendem Herzen – genau im Einklang mit dem Takt der Räder und Schienen – durch den dunkler werdenden Park hastet und die Sicherheit der Straße sucht, die ihn nachhause führt. Dann machte der Zug, als ob er zu seiner Straße hingezogen würde, einen Schwenk zum Ufer hin. Und als er die schimmernde weite Fläche des Flusses entlangjagte, vermischten sich die von den Abteilfenstern eingerahmten Berge und Täler mit dem Wasser des Flusses und der untergehenden Sonne. An jeder Biegung erwartete man beinahe, den lockenden Schatz aus Gold zu sehen. Die ganze Aufmerksamkeit verlagerte sich auf das draußen stattfindende Drama, auf seine unwiderstehliche Schönheit, die diesem Ort, unserem Ort, ja doch, uns eigen ist. Kinder preßten Mund und Nase an die Fensterscheiben, während die Unterhaltung der Erwachsenen verebbte und schließlich ganz aufhörte. Dann verschwand die Benommenheit, und Ruhe verbreitete sich, als Innen und Außen eins wurden. Als sich die Dunkelheit voll herabsenkte und nur noch das eigene Spiegelbild im Fenster zu sehen war, wurde schließlich, obwohl keine Blicke ausgetauscht wurden und das Bewußtsein davon erst später gekommen sein mag, an diesem unwahrscheinlichsten aller Orte, friedlich und gelassen, die wirkliche Kommunion empfangen. Cleos ‹Blick› schwebte indessen in den entferntesten Bereichen meines Bewußtseins, war aber fortwährend in einem versiegelten Fach meines Gedächtnisses gespeichert, um – wenn überhaupt – eines fernen Tages enträtselt zu werden.

Der Entschluß, nach Bremen zu fahren, war allmählich herangereift. Wir hatten Steinmannns Journal einige Male gelesen und es uns allmählich zur Gewohnheit gemacht, beim Frühstück auf unserer winzigen ‹Sonnenterrasse› über die Eintragungen zu diskutieren. Diese Sonnenterrasse war ursprünglich ein ziemlich häßlicher kleiner Balkon, der sich hinter unserer Küche befand. Ich gestaltete ihn um, indem ich das rußige Mauerwerk übertünchte (Cleo warf mir finstere Blicke zu), das Balkongitter mit Töpfen voller Hängegeranien belud (Zustimmung, wenn auch keine Begeisterung) und den Tisch stets mit einem lebhaft gemusterten ziemlich kitschigen Tischtuch (Cleo war belustigt) und einer Blumenvase deckte. Es fiel uns auf, daß mehrere Nachbarn, nachdem sie unseren Aufstand gegen die Eintönigkeit der Hinterhöfe zunächst mit kaum verdecktem Tadel betrachtet hatten, es uns ein wenig zaghaft nachtaten. Als wir einige Jahre später P. verließen und nach München zogen, gab es etwa ein Dutzend Küchenbalkons, die auf diese Weise hergerichtet waren. (Cleo: ‹Sieh mal, was du angerichtet hast!›) Listig benutzte ich einen von Cleos Geburtstagen als Vorwand, um eine eindrucksvolle gläserne Teekanne zu kaufen; sie stand stets auf dem Tisch und schwebte in ihrem chromglänzenden Gestell leicht über dem Spiritusbrenner, der auch ganz aus Glas war, und der dunkle indische Tee nahm im Sonnenlicht eine fast goldene Farbe an. (Als wir uns mit Freunden einmal über Geburtstage unterhielten, sagte Cleo: ‹Ich kenne Leute, die anderer Leute Geburtstag als Vorwand benutzen, um sich selbst etwas zu schenken.› Sie sagte es mit einem Lächeln.)

Während wir morgens an unserem Tee nippten, beschäftigten wir uns damit, das Journal zu entziffern. Die Handschrift stellte ein gewisses Problem dar. Steinmann hatte in einer winzigen Schrift geschrieben, und die Tinte war verblaßt. Aber unsere eigentliche Aufgabe war der Inhalt. Was Steinmann schrieb, war zwar reich an persönlichen Gedanken, oft fehlten jedoch nähere Einzelheiten. ‹Zu dunkel› hätte ich an den Rand geschrieben, wenn es sich um ein studentisches Referat gehandelt hätte. Es gab vieles, was wir einfach nicht verstanden und verstehen konnten, besonders über Leon, seine Frau Claudel und jüdische Menschen. Zum Beispiel wußten wir, daß das jüdische Osterfest ‹Passah› heißt, wir wußten aber nicht, daß seine Feier ein ‹Seder› genannt wird, und wir wußten nichts über seine Rituale und seine Bedeutung. 1932 war Steinmann zu einem Seder in das Haus der Familie da Silva eingeladen worden. In seinem Journal dachte er ausführlich über diese Erfahrung nach, aber für uns lag darin wenig Sinn.

Die größte Faszination lag in der Beziehung zwischen Steinmann und Leon Oppenheimer. Es war von der Jugend bis ins Erwachsenenalter eine unerschütterliche Freundschaft, und als Steinmann 1943 klar wurde, daß er seinen Freund wahrscheinlich nie wieder sehen würde, schrieb er die Seiten, die wir jetzt in der Hand hielten. Er schrieb mit unverhohlenem Schmerz, Sehnsucht und Verzweiflung. Ihre Freundschaft begann mich neugierig zu machen, und Cleo und ich gerieten darüber in einen recht heftigen Disput. ‹Er sieht Oppenheimer und seine Familie zu schwärmerisch›, sagte ich. ‹Sie bekämpfen sich nie, sie streiten sich nie, sie sind so sanft›, fügte ich hinzu. Cleo stimmte mir zu. ‹Auf eine unangenehme Art perfekt›, sagte sie, ‹besonders Claudel.› (Da wärt ihr ja zu zweit, schoß es mir durch den Kopf; ich unterdrückte diesen Gedanken gleich wieder.) Aber dann zuckte sie mit den Schultern und fügte hinzu: ‹Was kann man schon erwarten, wenn man die Umstände bedenkt, unter denen er geschrieben hat? Es war nicht der richtige Zeitpunkt für Kritik.›

Dieses eine Mal war ich nicht einverstanden. Ich fand Steinmanns Bericht trotz seines idealisierenden Tonfalls etwas unausgewogen (oder bildete ich mir das nur ein?), ein verräterisches Anzeichen für darunter verborgene Roststellen. Ohne es damals zu wissen, fühlte ich mich zu diesen – wirklichen oder eingebildeten – Roststellen ebenso unwiderstehlich hingezogen wie zu allem anderen im Journal. Zum Beispiel seine erste Eintragung über Bremen, die sich auf sehr vertrautem Gelände bewegte. (Ein Gymnasium der zwanziger Jahre dürfte sich von denen, die wir in den frühen sechziger Jahren besucht haben, leider Gottes nicht so sehr unterschieden haben.) ‹Warum ging Leon immer zu

Steinmann, brachte es aber nur einmal fertig, Steinmann zu sich nachhause einzuladen? Oder zweimal, wenn man den Ball mitzählt?› fragte ich. Cleo blickte mich an und sagte: ‹Du klingst beinahe verärgert.› Und das war ich wohl auch. Und dann war *sie* verärgert und sagte: ‹Woher willst du wissen, daß er nur einmal eingeladen war? Vielleicht war Steinmann öfter eingeladen, aber wollte nicht gehen?› – Und ich sagte: ‹Du weißt, daß es so nicht gewesen sein kann.› Sie wußte, daß ich recht hatte, und sagte nichts mehr. ‹Es ist typisch, daß Oppenheimer derjenige war, der nach Oxford gehen mußte›, murmelte ich eines Morgens. ‹Worin liegt der große Unterschied zwischen Oxford und Cambridge›, fragte sie. Dann fügte sie in einem aufgebrachten Tonfall hinzu: ‹Du magst Oppenheimer wohl nicht?› Das war eine Anschuldigung, die ich sehr heftig zurückwies. Vielleicht zu heftig. Steinmanns Erinnerungen fingen an, mich zu verfolgen. Ich beschloß, weitere Erkundungen vorzunehmen. Ich würde nach Bremen fahren und einige Nachforschungen anstellen und vielleicht sogar dem Journal nach Oxford und London folgen.

Einige von Ihnen werden sich vielleicht fragen, welches meine Beweggründe dafür waren, jene erste Reise und die folgenden auf mich zu nehmen? Ich habe selbst darüber nachgedacht und glaube, daß sie wirklich nicht so schwer zu verstehen sind. Zuerst habe ich mir wohl gesagt, daß es wichtig sei, die Geschichte hinter Steinmanns vorzeitiger Emeritierung und damit den Skandal aufzudecken. Das war es auch. Aber sicher ist mir schon damals klar geworden, daß hinter meinem Interesse mehr steckte als der Wunsch, jenes Rätsel zu lösen. Allein die Tatsache, daß Steinmann mir das Journal gegeben hatte – aus *jener* Zeit mit der Geschichte *jener* Freundschaft – zog mich an wie der Goldschatz: verlockend, gefährlich und bedrohlich verführerisch.

Bei meiner Entscheidung spielte auch Cleo eine Rolle, wobei es lange dauerte, bis ich die Ambivalenz dieses Umstands richtig einschätzen konnte. Als ich meine Pläne verkündete, fragte sie zuerst: ‹Weißt du denn, was du wirklich suchst?› Ihre Äußerung klang skeptisch und umging geschickt die Grenzen zur Beleidigung, indem sie den Eindruck erweckte, es gäbe auch aus ihrer Sicht gute Gründe für weitere Untersuchungen, zugleich aber überrascht war, daß ich diese Gründe sähe. Als nächstes fragte sie beharrlich: ‹Bist du dir sicher? Bist du dir sicher?› Jetzt war es eine Warnung. Intuitiv hatte sie klar die Gefahr erkannt, aber in ihrem Tonfall lag nicht nur Anteilnahme, sondern auch wieder Zweifel. Es fiel ihr schwer zu glauben, daß ich gewillt sei, eine solche Belastung auf mich zu nehmen; und sie war, wie sich aus ihrer letzten Frage ergab – ‹Wirst du der Sache gewachsen sein?› –, skeptisch, was meine Fähigkeit anging, mich dieser Aufgabe ehrenvoll zu entledigen. Natürlich verbaute mir Cleo mit diesen Fragen jeden Rückzug. Aber dann tat sie etwas, das mich zumindest damals glauben ließ, daß sie tief in ihrem Inneren vielleicht doch Zufriedenheit mit meinen Plänen (und vielleicht sogar ein wenig Stolz?) empfand. Ohne eine Antwort auf ihre Fragen abzuwarten, packte sie meine Sachen, etwas worum ich sie nie gebeten hatte und das sie weder vorher noch nachher jemals getan hat, nahm sich den Nachmittag frei, begleitete mich zum Bahnhof und verabschiedete mich.

5

Am frühen Morgen kam ich in Bremen an. Damals schien mir mein Reiseziel weit entfernt zu sein. Es stellte sich indessen heraus, daß es eines der am nächsten gelegenen war, auch wenn Cleo es anders sieht. ‹Es war das am weitesten entfernte›, sagte sie. ‹Schließlich bist du, was die Zeit betrifft, am weitesten gereist, zurück in die zwanziger Jahre.› Zeit und Raum sind für sie eins, worin sich der zweifelhafte Vorteil einer naturwissenschaftlichen Ausbildung zeigt. Nach Bremen zu reisen, ist ungefähr, wie ins Ausland zu reisen; die Leute, die ich während meines zweiwöchigen Aufenthalts getroffen habe, möchten einen das jedenfalls glauben machen. Die älteren Bürger sind auf Bremens besonderen Status als Hansestadt und seine traditionelle Unabhängigkeit leidenschaftlich stolz. (‹Die einzige Großstadt, die nicht für Hitler gestimmt hat›, sagte man mir, nachdem klar war, daß ich mich für das Bremen der zwanziger und dreißiger Jahre interessierte.) Auch wenn Bremen ganz nett ist, ‹Ausland› ist es nicht. (Wenn Sie ins Ausland reisen möchten und äußersten Wert darauf legen, von Leuten umgeben zu sein, die Deutsch sprechen, fahren Sie nach Rimini.) Bremen ist gute alte Bundesrepublik. Es hat den gleichen Hauptbahnhof mit der gleichen münzbetriebenen elektrischen Modelleisenbahn in der Bahnhofshalle (weil keine Gefahr bestand, dabei von Studenten oder Kollegen ertappt zu werden, konnte ich es mir an jenem Tag erlauben, sie in Gang zu setzen). Es gibt außerhalb des Bahnhofs die gleichen Straßenbahnen, im Zentrum die gleichen mit kleinen Steinen gepflasterten ‹mittelalterlichen› Fußgängerzonen, den gleichen McDonald's mit Aussicht auf den Dom, die gleichen Imbißstände mit ihrer phosphathaltigen Bratwurst (die ich insgeheim liebe und gierig verschlinge, wenn ich von zuhause fort bin), auf dem Wochenmarkt die gleichen hochmotorisierten Verkäufer von Erzeugnissen, die ‹frisch vom Bauernhof› kommen, und natürlich Hertie und Karstadt, die mehr als Bismarck oder Kohl dafür getan haben, ein Gefühl der deutschen Einheit herbeizuführen. Ich habe den Verdacht, daß heute die Bremer Stadtmusikanten am Ende in Hameln und der Rattenfänger in Bremen landen könnten, ohne einen Unterschied zu bemerken. (Auch niemand anders würde das, außer vielleicht den Andenkenherstellern in Singapur.)

In Bremen wohnte ich bei einem Kollegen, der mit seiner Frau und zwei entzückenden kleinen Töchtern im Universitätsviertel lebte. Etwa einen Tag lang vergaß ich beinahe den Zweck meines Besuchs. Die atemberaubende Intensität und die unverfälschten und anscheinend unkomplizierten Gefühlsregungen der Kinder, die ich als neidischer Zeuge miterlebte, nahmen mich ganz in Anspruch. Vor den Mahlzeiten pflegten sich alle bei den Händen zu fassen und ein lautes, freudiges Tischgebet aufzusagen, das ohne Ehrfurcht und somit wahrhaft fromm war. Meine Zurückhaltung beeindruckte sie überhaupt nicht. Wenn sie von mir sprachen, sagten sie ‹der da› (‹Papi, warum spricht der da kein Tischgebet?›), und jene lauten und glücklichen Mahlzeiten ließen mich im Hinblick auf eine Zukunft, die zunehmend außer Reichweite zu liegen schien, und eine Vergangenheit, die es nie gegeben hatte, nostalgisch werden.

Die ersten Schritte zur Erforschung von Steinmanns Vergangenheit unternahm ich behutsam und auf mich allein gestellt. Ich suchte das Krankenhaus auf und sah mir die Aufzeichnungen über die Geburten im Februar 1908 an. Ich suchte die Häuser auf

– beide standen noch –, in denen Steinmann und Oppenheimer gewohnt hatten. Im Journal hatte Steinmann eine ziemlich lange und begeisterte Eintragung über Bremen verfaßt. Der Höhepunkt war ein Wochenende, das er ein Jahr vor dem Abitur mit Leon in dessen Elternhaus verbracht hatte. Das Gymnasium war kaum erwähnt, aber zum Glück kam sein Name einmal vor. Der Name führte mich zu den Schulzeugnissen und, was sich als noch wichtiger erwies, zu Martha I und Martha II.

Zu wem wären Sie gegangen, wenn Sie in meiner Haut gesteckt und versucht hätten, vom Alten Gymnasium Auskunft über zwei seiner ehemaligen Schüler zu erhalten? ‹Ehemalige Schüler?› protestierte Martha II, die Sekretärin des Direktors (das ist die Antwort). Es war eine freundliche Reaktion auf meine Fragen nach Steinmann und Oppenheimer, die, wie ich ihr sagte, 1925 Abitur gemacht hätten. Ich hatte vorher auf meinem dienstlichen Briefbogen unter dem Briefkopf der Universität in einem kurzen Schreiben in sehr unbestimmten Worten den Zweck meiner ‹Forschungen› erläutert (‹biographische Forschungen über einige Ihrer berühmtesten ehemaligen Schüler›). Daß P., ‹diese unsere alte Fakultät›, meine Universität war und nicht der örtliche Laden in Bremen, half mir auch. ‹Nun, das ist schon etwas anderes; Sie sind ein *richtiger* Professor›, lautete der Kommentar von Martha I, der Vorgängerin von Martha II; sie war 76 Jahre alt, als ich sie traf (‹Junger Mann, ich habe in 40 Jahren nur 13 Tage gefehlt!›), und hatte die Stelle von 1921 bis 1961 innegehabt.

Sie ahnen schon, was jetzt kommt: ein Deutscher und ein Jude, Schulfreunde, die besten Schüler in der Klasse, besuchen zusammen die Tanzstunde usw. usw., dann der eine ins KZ, und der andere dem Ruhm entgegen. Etwas zu stereotyp? Vielleicht. Aber was kann ich tun, wenn das Leben das Klischee nachahmt? Kann ich etwas dafür, daß Steinmann Deutscher war und Oppenheimer Jude? (Ja, ich weiß, daß er auch Deutscher war, ein Deutscher jüdischer Abstammung. Vielleicht hat er auch so gedacht; aber es hat ihm nicht geholfen.) Und was kann ich an ihrer Freundschaft ändern oder an der Tatsache, daß sie die Besten in der Klasse waren? Bin ich es, der die Oppenheimers reich gemacht hat, sehr reich, und den Vater zum Arzt? Und nicht einfach zum Arzt, sondern zum Gynäkologen? Wohlhabende jüdische Ärzte gab es. Sollte ich die historischen Ereignisse ein wenig umschreiben und aus ihm einen Anwalt machen? Oder einen Bauern? Vielleicht einen armen Künstler?

Sie brauchen meine Rekonstruktion nicht, um sich den Schauplatz zu vergegenwärtigen. Sehen sie sich Louis Malles *Au Revoir Les Enfants* an und lassen Sie Ihre Phantasie spielen. Ersetzen sie das katholische Internat in Frankreich durch ein Gymnasium in Bremen. Vergessen Sie aber nicht, daß Steinmann und Oppenheimer vor der Nazizeit zur Schule gingen und daß sie wirklich einen Ball gaben.

Martha II suchte die Schulzeugnisse heraus, von denen keines fehlte und die alle schön von Hand in deutscher Schrift geschrieben waren. Steinmann und Oppenheimer waren nicht einfach die Besten in der Klasse. Es gab niemanden, der ihnen auch nur nahe kam. Beide hatten auf dem Gymnasium gemeinsam eine Klasse übersprungen. Zu jener Zeit erhielt der beste Schüler am Ende des Jahres eine Medaille aus Gold und der zweitbeste eine aus Silber. Aber drei Jahre lang hatte die Schule zwei Goldmedaillen vergeben. Ich witterte die Konkurrenz zwischen den beiden, aber Martha I blieb eisern: ‹Sie waren unzertrennlich.› Dann also keine Rivalität. Auch im Journal findet sich kein Hinweis; damit wäre das Thema ‹Rivalität› abgehakt.

Stellen Sie sich jetzt mit diesem Bild im Gedächtnis vor, wie mir zumute war, als ich auf das Haus zuging, in dem Martha I wohnte. Martha I wohnte in einer kleinen Kellerwohnung in einer besseren Straße, und die Winzigkeit der

Wohnung half ihr dabei, sie genau in dem Zustand zu halten, den sie haben wollte. Die weißen Spitzengardinen waren vergilbt, aber makellos sauber, und die Fenster waren von beiden Seiten geputzt. Sogar die Blätter der Geranien, die außen auf den Fenstersimsen standen, sahen geputzt aus, kein unordentliches Blumenblatt war zu sehen. Sie lebte von ihrer Rente und hatte offensichtlich viel Zeit, sich um das Haus zu kümmern und den Mangel an Geld auszugleichen. Wie sah Martha I aus? Wie alle anderen in dieser Geschichte entsprach sie dem Stereotyp. Sie verkörperte wie eine Gestalt aus dem Lehrbuch die ‹alte Generation›, mittelgroß, hager mit fester, fast durchsichtiger Haut, graues, aber schönes volles Haar in einem festen Knoten. Sie hatte den Geruch des Alters, von Kölnisch Wasser (4711) verdeckt, und war voller Ehrerbietung für den Herrn Professor Dr. (Cleo: ‹Das hat dir sicher sehr gefallen.›), verbunden mit kaum verhohlener Entrüstung über ‹die Jungen› (so etwa alle unter 60), die für den gegenwärtigen Zustand der Welt verantwortlich waren. Als ich ihr anbot, sie in ein Café einzuladen, reagierte sie aufgebracht: ‹Das ist nicht nötig, junger Mann, ich komme noch ganz gut zurecht.› Die meiste Zeit hieß es allerdings Herr Professor hier und Herr Professor da.

Was konnte sie mir berichten? Eigentlich nicht so sehr viel. Sie hatte schon etwas abgebaut. Aber auch das wenige, was sie sagte, half mir dabei, mich in die damalige Zeit einzufühlen, die jungen Leute vor meinem inneren Auge zu sehen und die fehlenden Einzelheiten zu ergänzen. Sie erinnerte sich an den Ball. Ohne sie hätten wir nicht viel darüber erfahren. Steinmann hatte sich in seinem Journal äußerst dunkel ausgedrückt. War der Ball denn so wichtig? An sich nicht. Aber er löste zwischen mir und Cleo einen Streit aus. (Keinen lauten, wir gehören nicht zu den Leuten, die sich anschreien, eher zu denen, die sich in ihr Schneckenhaus verkriechen.)

Die Idee zu dem Ball war von Oppenheimer gekommen, und Steinmann hatte sich von Anfang an in sie verliebt. Da plagten sie sich nun zweimal in der Woche mit der Tanzstunde ab und dann ein richtiger Ball ... ihr Ball. ‹Das sah Dir ähnlich, Leon›, schrieb Steinmann im Journal. Martha I nannte den Ball ‹unerwartet›. Aber ich begriff schnell, daß das ‹Unerwartete› in der Tatsache lag, daß sie eingeladen worden war. Schließlich war sie eine Sekretärin. Ein halbes Jahrhundert später beschrieb sie den Ball in verträumtem Tonfall als ‹das *schönste* Ereignis all meiner Jahre an jener Schule, vielleicht meines ganzen Lebens›, und in jenen rührenden, wenn auch mitleiderregenden Ausspruch waren wahrscheinlich all ihre Ressentiments und unerfüllten Träume eingeschlossen.

Der Ball fand im Haus der Familie Oppenheimer statt und war eine große Sache. Es war Februar, zu kalt, um sich draußen aufzuhalten. Den Schauplatz können Sie sich wieder selbst ausmalen; die großen Räume, die Beleuchtung, die Kellner, alles genau wie im Kino (*Leon Gatsby*), nur daß die Gäste 16 und 17 Jahre alte Gymnasiasten und ihre Tanzstundendamen waren. Natürlich hatte man auch Musiker engagiert. Martha I konnte sich noch an die Musik erinnern. ‹Bevor sie mit der Tanzmusik anfingen, spielten sie eine Bearbeitung der Arie *Schafe können sicher weiden* aus Bachs Kantate 208 für Flöte und Streicher. Es war das erste Mal, daß ich ein Abendkleid trug, und es gab Sekt aus richtigen Kristallkelchen. Es war wunderschön mit der Musik.› Ein klein wenig verlegen suchte sie die Einladung heraus. Sie war in schönen schwarzen Buchstaben, die nach so vielen Jahren noch glänzten, auf schweres Papier geprägt, und mir ging auf, warum sie und so viele ihresgleichen der Vergangenheit zugewandt waren. Es war eine Zeit der Formen und der Förmlichkeiten, die so sehr dafür geeignet sind, die Erniedrigungen des täglichen Lebens abzuschwächen.

‹Aus Anlaß des vierten Jahrestages ihres Geburtstages geben sich die Herren Oppenheimer und Steinmann die Ehre ... .› – ‹Sie waren beide in einem Schaltjahr geboren›, erläuterte sie. ‹Und wie war es mit dem Tanzen?› fragte ich, während ich an meinem Tee nippte. ‹Waren sie gute Tänzer?› – ‹Wer?› fragte sie, ‹die Schüler?› – ‹Steinmann und Oppenheimer›, erwiderte ich, ‹wer von beiden war der bessere Tänzer?› Sie errötete. ‹Ich habe mit beiden getanzt›, sagte sie und machte eine Pause. ‹Nun?› fragte ich in den Kuchen hinein. Ich begann die ganze Angelegenheit liebenswert und amüsant zu finden. ‹Sie waren beide gute Tänzer›, sagte sie, ‹aber ...›, und sie stockte. Versuchen Sie, es einmal so zu sehen: die alte würdevolle und bis zur Streitlust stolze Martha I war so vollständig in die Erinnerung an den Ball versunken, daß man den Eindruck gewinnen konnte, es wäre der Tag danach und sie würde alles ihrer besten Freundin anvertrauen. Jenen Augenblick lang sah sie jung und sogar anziehend aus. Und dann sagte sie wie zu sich selbst: ‹Tänzerisch waren sie gleich gut. Aber «der Steinmann»› (genau so drückte sie sich aus) ‹hielt mich umfaßt. Der andere – tat das nicht.›

‹Der andere› ist eine gefühllose Ausdrucksweise. Es hätte mir eigentlich auffallen müssen, wie unvermutet sie kam. Später sollte Cleo mich deshalb ins Gebet nehmen (‹Und du hast sie nicht einmal gefragt, was sie damit gemeint hat?›). Aber als ich da mit Martha I saß, von ihrer Erzählung über den Ball, die Vergangenheit und das Gymnasium gefesselt, bereitete mir nur die Frage Kopfzerbrechen, *warum* Leon sie nicht umfaßt hatte. Zornig und wütend sagte ich zu Cleo: ‹Auf Leon und auf Steinmann kommt es an! Nicht auf Martha I oder auf mich oder sonst irgend jemanden.› Was Martha I gesagt hatte, ergab einen Sinn. Es paßte zu etwas anderem im Journal. Vor Claudel, die erst volle sieben Jahre später den Schauplatz betrat, hatte Oppenheimer keine wirkliche Freundin, nicht einmal während seiner Studienzeit in Berlin, obwohl er offensichtlich viele hätte haben können. Er pflegte oft eine Begleiterin zu haben, wenn er in die Oper, zum Tanzen oder in ein

Kabarett ging, und sogar auf Spaziergängen, Wanderungen und Radtouren. Aber es handelte sich nie um eine Liebesbeziehung. Steinmann pflegte ihn damit aufzuziehen. Oppenheimer tat es mit einem Achselzucken ab. Ein oder zweimal war Steinmann zornig auf Leon, weil der keine passende Freundin hatte. (In seinem Journal äußerte er, daß er dies bereue.) ‹Theo›, pflegte Oppenheimer zu erklären, ‹ich warte auf die Richtige.› In seinem Journal schrieb Steinmann dazu: ‹Als ich Claudel getroffen hatte, wurde mir klar, daß es richtig von Dir gewesen war zu warten.› – ‹Und rein zu bleiben›, fügte er hinzu, was wiederum eine höchst vieldeutige Ausdrucksweise war, die zu meiner Auseinandersetzung mit Cleo beitrug.

Um in der Erzählung einen Sprung nach vorn zu machen: als ich aus Bremen nachhause zurückkehrte, fühlte ich mich großartig. Ich konnte es gar nicht abwarten, Cleo alles darüber zu berichten. Sie wissen schon, was für eine wunderbare Zuhörerin sie ist. Versuchen Sie einmal, sich in meine Stimmung hineinzuversetzen. Als ich nach Bremen fuhr, wußte ich natürlich, daß Oppenheimer im Krieg umgekommen war und daß das sehr traurig war usw. Trotzdem fand ich es bei meiner Rückkehr nach P. unglaublich, daß es mir gelungen war, mit jemandem zu sprechen, der Oppenheimer begegnet war, der bis zu diesem Zeitpunkt nur eine rätselhafte Äußerung Steinmanns (‹Vielleicht könnte dieser Bewerber den Verlust von Leon wettmachen.›) und ein unsichtbarer Gesprächspartner im Journal gewesen war. Es war aufregend. Wenn dies ein Krimi wäre, hätte ich jetzt den ersten ‹Durchbruch› erzielt.

Zunächst teilte Cleo meine Erregung und meinen Überschwang. Sie bestand darauf, daß ich keine Einzelheit ausließ, damit auch sie das Erlebte nachempfinden könnte. Aber als ich Cleo von Martha I und dem Ball und ‹dem anderen› erzählte, fing sie an, mich zu verhören. ‹War Martha I dir sympathisch?› fragte sie langsam. Eine Zeitlang bemerkte ich ihren Stimmungsumschwung nicht und fuhr fort, in gehobener Stimmung zu antworten. ‹Du meinst, ob sie mir *wirklich* sympathisch ist?› sagte ich. ‹Ich meine schon.› – ‹Hat sie die Augen eines guten Menschen?› fragte sie. Die Frage war so entwaffnend, daß ich, immer noch lächelnd, sagte: ‹Du kennst mich doch; ich verstehe mich nicht auf Augen. Frag' mich nach ihrem Mund.› – ‹Nun denn, hatte sie einen freundlichen Mund?› Aber jetzt hatte ihre Stimme eine dunkle Färbung angenommen und zugleich einen schwachen, kaum wahrnehmbaren Schimmer von Schärfe. Ich wurde vorsichtig und sagte: ‹Eigentlich nicht, wenn ich es mir genau überlege, aber sie strahlte Würde aus; eine ganze Menge; trotz ihres Alters. Und das gefiel mir.› Und dann stellte Cleo mir sanft, aber nicht weniger schneidend, die direkte Frage: ‹Hat sie dich nach Oppenheimer gefragt? Was mit ihm geschehen ist?› Als ich mich schweigend hin und her wand, fügte sie hinzu: ‹Sie hat es nicht getan, nicht wahr?› Alles was ich zunächst sagen konnte, war ein flehentliches: ‹Cleo!› Aber sie stach noch tiefer: ‹Hat sie es nun getan?›, worauf ich – immer noch bittend – antwortete: ‹Cleo, bitte. Sie hat es gewußt. Sie muß es gewußt haben.› Dann schwand der Zorn aus Cleos Stimme, sie sah mich ruhig an und sagte: ‹Und du hast wohl auch nichts gesagt?› Es war keine Frage. ‹Was hätte ich ihr denn sagen sollen?› fragte ich sie mit unsicherer Stimme. Cleo gab mir keine Antwort. ‹Dann sag' du es mir doch! Sag' du es mir doch!› zischte ich. ‹War es vielleicht Marthas Schuld? Hätte ich sie wegen irgend etwas anklagen sollen? Was hättest du denn gesagt?›

Cleo gab ein Achselzucken von sich und klang plötzlich gelangweilt: ‹Ja›, sagte sie, ‹ich weiß, es gibt wirklich nichts, was man sagen könnte,› und ging typischerweise – zu meinem größten Ärger – auf ein anderes Thema über. ‹Was gibt dir ein solches Gefühl der Überlegenheit›, dachte ich verstimmt, ‹und wenn es nichts zu sagen gibt, warum verschaffst du mir dabei ein so schlechtes Gefühl?› Es gab noch etwas anderes, was meinen Groll schürte:

War es wirklich so schlimm, daß Martha I Oppenheimer ‹den anderen› genannt hatte? War er es nicht gewesen, der auf Abstand gehalten hatte, der sich rein erhalten und sie nicht einmal umfassen wollte? Aber auch das dachte ich mir nur und sprach es nicht aus.

6

Die schweren Bombenangriffe auf Bremen während des Krieges hatten das Haus der Familie Oppenheimer und die umliegenden Häuser unversehrt gelassen; jetzt waren sie Bürohäuser. Während des großen Wirtschaftsaufschwungs der fünfziger Jahre waren sie den Stadtplanern zum Opfer gefallen. Ihr Schicksal war für das eines ganzen Landes symbolisch: Schöne Villen wurden entkernt und umgebaut; ihr elegantes Äußeres blieb zwar erhalten, diente aber dazu, das reizlose Innere zu verbergen. Die Häuser der Straße grenzten auf der Rückseite an einen Park, der in alten Zeiten durchaus privater Grundbesitz der begüterten Familien, die dort gelebt hatten, gewesen sein könnte. Die Reichen sind jetzt weggezogen, und das Viertel ist auf eine sympathische Weise heruntergekommen. Ich verbrachte einen Abend in einer der vielen Kneipen, die über die Gegend verstreut sind (es gibt keine einzige Straße, in der sich nicht wenigstens ein oder zwei finden), und unterhielt mich mit den Einheimischen. Ich ließ eine Bemerkung darüber fallen, daß die Straße die Bombardierung überstanden hätte, und Bremens rote Ehre wurde gerettet. ‹Wer reich ist, hat eben auch Glück›, war die Reaktion eines gebrechlichen Alten.

Es muß ein wunderbares Haus zum Leben und ein wunderbarer Garten zum Spielen gewesen sein. Wie kam es dann, fragte ich mich, daß Steinmann Leons Zuhause nur einmal besucht hat (wenn man den Ball nicht mitzählt)?

Es könnte an der gesellschaftlichen Stellung oder vielleicht am Geld gelegen haben. Steinmanns Vater war Buchhalter, gehörte allerdings, wie ich vermute, in der ersten Generation der Mittelschicht an. Die Steinmanns wohnten in der Mozartstraße, einer Straße, die aus Reihenhäusern mit winzigen Vorgärten besteht, die sich in den letzten fünfzig Jahren nicht sehr verändert haben, und welche die Solidität der durchschnittlichen Mittelschicht ausstrahlt. Es gibt ein verräterisches Indiz, das nie trügt: Kinder oder vielmehr ihre Abwesenheit. Ich stand eine Stunde lang gegen eine Mauer gelehnt, blickte auf das frühere Haus der Familie Steinmann und versuchte, Bilder vergangener Jahre heraufzubeschwören; dabei gelang es mir nur zum Teil, die entschiedenen Bemühungen der Nachbarn, uninteressiert zu erscheinen, nicht zu beachten. Obwohl es keinen Durchgangsverkehr gab, wurden alle Kinder, die jünger als sieben oder acht Jahre waren, von ihren Eltern wie wohldressierte Pudel an der Hand geführt. Die älteren Kinder kamen und gingen auf ihren Fahrrädern, ohne zu schreien oder zu kreischen oder auch nur harmlos mit der Fahrradglocke zu klingeln. In den zwanziger Jahren dürfte es nicht anders gewesen sein.

Leons Familie gehörte zwar auch zur Mittelschicht, war aber insgesamt gesellschaftlich höher angesiedelt. Wie Sie wissen, war Leons Vater Arzt. Tatsächlich war er Chefarzt der Abteilung für Frauenheilkunde und Geburtshilfe an den Allgemeinen Krankenanstalten, eingeweiht in das intime Wissen der Großen und Mächtigen, und bekleidete eine Stellung, die damals sogar noch mehr als heute mit einem übertrieben geheimnisvollen Nimbus, mit Ansehen und Macht verbunden war. (‹Meine Mutter›, schrieb Steinmann 19 Jahre nach dem Wochenendbesuch, ‹bestand darauf, daß ich einen neuen Anzug bekäme, meinen ersten Maßanzug. Als ich am Sonntagabend zurückkam, war Vaters einzige Bemerkung: «So! Jetzt bist du im Haus des Professors gewesen. Hoffentlich hast du uns nicht blamiert.»›) Aber weder der gesellschaftliche

Unterschied noch der Reichtum können hinreichend erklären, warum Steinmann Oppenheimer nur einmal zuhause besucht hat, zumal sich in dem Journal nichts findet, was darauf schließen läßt, daß die beiden Jungen und später jungen Männer in dieser Hinsicht irgendwelche Unterschiede empfanden.

Warum mache ich von dieser Frage soviel Aufhebens? Schließlich hat Steinmann selbst diesen Umstand nicht kommentiert. Als er 1943 aus Verzweiflung schrieb, muß er im Gegenteil gefühlt haben, daß der eine von ihm abgestattete Besuch seine liebste und umfassendste Erinnerung an jenen Abschnitt ihrer Freundschaft war. Die Frage beunruhigte mich, weil ich fand, daß ich bereits in jenem ersten Journaleintrag den kaum merklichen Klang einer natürlich gut verborgenen Entfremdung, einer gänzlich unbewußten Abneigung, eines diffusen, bruchstückhaften und unbemerkten Grolls wahrnehmen konnte.

Wenn es Entfremdung, Abneigung und Groll tatsächlich gab, so fragte ich mich, ob sie in der Psyche des jungen Steinmann in den zwanziger Jahren existierten? In seiner älteren Verkörperung in den vierziger Jahren? Oder konnten sie einfach in mir existieren, seinem Alter ego, 50 Jahre später?

Der Besuch selbst dauerte von Freitag bis Sonntag. Die beiden Jungen gingen von der Schule zum Haus der Familie Oppenheimer. Ich bin den Weg selbst gegangen, gemächlich, wie sie es getan hatten, habe angehalten, um mir Schaufenster, Straßenhändler und Käufer, das Leben, anzusehen. Ich benötigte dafür 43 Minuten. Als sie am Haus eintrafen, machten sie sich ein bißchen zurecht und läuteten an der Tür. Es dürfte gegen zwei Uhr nachmittags gewesen sein. Frau Oppenheimer öffnete selbst die Tür und begrüßte sie mit mehlbedeckten Händen. Das war für Steinmann die erste einer Reihe kleiner Überraschungen. Jahre später erinnerte er sich mit größter Genauigkeit daran. Schließlich hatten die Oppenheimers einen Koch und ein Dienstmädchen und weiß der Himmel, was noch. Im Journal merkte er dazu an: ‹Mit jenem mehlbedeckten Handschlag trat ich in Eure seltsame Welt ein.› Frau Oppenheimer, hochgewachsen und mit markanten Gesichtszügen, war offensichtlich beschäftigt und schickte sie nach oben, um sich zu waschen und sich ‹vorzubereiten›. ‹Dein Vater ist schon in der Bibliothek›, sagte sie.

Das ganze Wochenende hindurch erklärte Leon nicht viel. Ich hatte den Eindruck, daß er sehr befangen war, was ihre Lebensweise betraf, bin mir allerdings nicht sicher, ob Steinmann das bemerkte. Sein einziger Kommentar in dieser Hinsicht lautete: ‹Du warst so still.› Über das ‹Vorbereiten› sagte Leon nur: ‹Es ist für den Sabbat; du wirst schon sehen.› Er führte Steinmann die Treppe hinauf in das Zimmer, das sie sich an jenem Wochenende teilten. Er zeigte ihm das Badezimmer und sagte, ohne ihn anzusehen: ‹Du mußt dich waschen und umziehen.› Dann gingen sie die Treppe hinunter in die Bibliothek, um Leons Vater zu treffen.

(Ich hatte Schwierigkeiten, das restliche Wochenende zu rekonstruieren. Das Journal war von sehr unterschiedlicher Qualität, und Steinmanns Beschreibung war tatsächlich ein wenig gefühlsbetont. Ich mußte auf meine juristischen Fähigkeiten zurückgreifen. Ich las die Eintragung mit beträchtlicher Sorgfalt immer wieder und achtete dabei auf jede Zeile, jedes Wort und jedes Komma. Die Fähigkeit, sorgfältig lesen zu können, macht schließlich den Kern unseres beruflichen Repertoires aus und begründet unsere wunderliche Verwandtschaft mit den Gattungen der Literatur und der Poesie. Ich kann hiermit voller Stolz versichern, daß alle Angaben in meinem Bericht durch direkte Verweisungen auf das Journal oder auf das, was ich bei meinem Besuch in Bremen herausgefunden habe, oder durch sichere, sogar sehr sichere Schlußfolgerungen aus diesen Quellen belegt werden können.)

Das allgemeine Leitmotiv des Wochenendes war Erstaunen, Überraschung, Verwunderung, sogar ein klein wenig Erschütterung und Benommenheit.

Die Bibliothek

Steinmann hatte wirklich noch nie eine solche Bibliothek in einem Privathaus gesehen. Der Raum war sehr groß. Er enthält jetzt eine Flucht von drei Büroräumen einer Versicherungsgesellschaft (und ich kann Ihnen alles erzählen, was Sie schon immer darüber wissen wollten, wie man Holz, Kohle und Öl als Seefracht versichert). Die Regale aus heller Eiche erstreckten sich von der Decke bis zum Fußboden und umgaben den Raum vollständig, was den Eindruck hervorrief, als ob sie die großen Fensternischen und die Tür erdrückten. Als Steinmann am Sonnabendmorgen allein im Haus gelassen wurde und die Zeit zum Stöbern verwendete, entdeckte er, daß Oppenheimer zuhause keine medizinischen Bücher aufbewahrte. Die halbe Bibliothek, einige Tausend Bände, war einer ausgewählten Sammlung klassischer und moderner Autoren des Deutschen, Französischen, Englischen und natürlich des Lateinischen und Griechischen gewidmet. Die andere Hälfte bestand ganz aus Büchern in den jüdischen Sprachen.

Dr. Oppenheimer

In der Art und Weise, mit der Steinmann Leons Vater im Journal beschrieb, lag eine gewisse Scheu. Er hatte der bevorstehenden Begegnung mit Besorgnis entgegengesehen, wurde aber überrascht. Die Statur des Professors entsprach nicht dem, was er erwartet hatte. Anders als Leon, der hochgewachsen und athletisch war, wirkte der Vater klein und zerbrechlich. Daß er Pfeife rauchte, schien nicht zu ihm zu passen. Er saß an einem außerordentlich langen Tisch, wie man ihn in einer Bauernküche findet, der sich fast über die ganze Breite des Raumes erstreckte und mit Büchern bedeckt war. Es war schwierig, in ihm den allmächtigen Chefarzt der Geburtshilfe, den Quartiermacher des Lebens, zu erkennen. Er war in Hemdsärmeln, trug ein kleines jüdisches Käppchen, und der schwache Duft von Büchern im Raum löschte alle Spuren der Klinik aus. ‹Sie müssen Herr Steinmann sein›, sagte er sanft. (‹Das erstemal, daß ich jemals mit «Herr» angeredet wurde. Es paßte gut zu dem neuen Anzug.›) Als er Steinmann begrüßte, ergriff er seine beiden Hände. ‹Sie sind Leons bester Freund›, sagte er, indem er sich umwandte, um Leon unendlich liebevoll anzusehen. Dann fügte er mit einem kleinen verständnisinnigen Lächeln, das Vater und Sohn austauschten, hinzu: ‹Leon, mein Sohn, mein Einziger, den ich lieb habe.› Es machte auf Steinmann einen gewaltigen Eindruck. Der Vater wandte sich wieder Steinmann zu und sagte: ‹Ich freue mich sehr, daß Sie gekommen sind, bitte nehmen Sie an unseren Studien teil.›

Leons Sprachen

Sie studierten das Recht, das jüdische Recht natürlich (‹eine Abhandlung aus dem Talmud über Pfandrechte›, erfuhr Steinmann), auf die Weise, daß der Eindruck eines unendlichen Stroms von Fragen und Antworten zwischen Vater, Sohn und Text entstand. Die beiden Oppenheimers waren bald völlig in Anspruch genommen, und Steinmann war vergessen. Er verstand kein Wort. Es war nicht das Recht, was ihm schwierig erschien. Tatsächlich hatte er keine Möglichkeit herauszufinden, ob es schwierig war oder nicht. Sie redeten in verschiedenen Sprachen! Steinmann war wie in einen

Schockzustand versetzt. Wie Leon später erklärte, war der Text auf Aramäisch verfaßt, die Glossatoren schrieben auf Hebräisch und die Interpretationen waren in beiden Sprachen abgefaßt (obwohl sie manchmal unterschiedliche Alphabete verwendeten), gelegentlich wurde auch eine jiddische Sekundärquelle herangezogen. Oppenheimer und Steinmann waren in Latein und Griechisch die Besten in ihrer Klasse, und beide lernten bei einem Privatlehrer Englisch und Französisch. Sie waren in allen Sprachen herausragend, aber es war kein großes Pensum, und sie pflegten sich untereinander bitter darüber zu beklagen. Und nun stand er vor seinem Freund, der – ohne daß er es geahnt hatte – drei weitere alte Sprachen fließend beherrschte. ‹Nach jenem Wochenende›, schrieb Steinmann in seinem Journal, ‹hatte ich kein ganz so gutes Gefühl mehr, wenn ich bei einer lateinischen Übersetzung besser abgeschnitten hatte als Du.›

Der Freitagabend

Steinmann benutzte das Wort ‹verblüfft›, um seinen Eindruck von dem Mahl bei den Oppenheimers am Freitagabend zu beschreiben, und dies schien mir eine kluge Wahl zu sein. Er zählte nicht weniger als ‹sechzehn Kerzen!› in drei vorzüglich gearbeiteten alten Armleuchtern. Die Kerzen spiegelten sich in den besonders großen, glänzenden Silberbestecken, den heftig funkelnden Gläsern aus Bleikristall und sogar in dem schimmernden elfenbeinfarbenen Porzellan, das auf dem Tischtuch aus weißem Leinen mit seiner kunstvoll handgestickten Verzierung stand. Zu dem Mahl selbst machte Steinmann nur zwei knappe Bemerkungen: ‹Es war wie ein belegtes Brot, mit langen Gebeten davor und danach. Euer Gesang hat mir gefallen.› – ‹Das Brot, das Deine Mutter gebacken hatte, war ausgezeichnet.›

Das Mittagessen am Sonnabend

Sowohl am Freitagabend vor dem Mahl als auch am Sonnabendmorgen nach einem merkwürdig leichten Frühstück, das nur aus Kaffee bestand, wurde Steinmann zuhause gelassen, als Vater und Sohn in die Synagoge gingen. Er war enttäuscht, daß er nicht dazu eingeladen worden war, sie zu begleiten. Er verbrachte die Zeit lesend in der Bibliothek. Als die Männer zurückkehrten, aßen alle zu Mittag. Es gab einen Eintopf, der aus Rindfleisch, Huhn, Bohnen und Kartoffeln bestand und die ganze Nacht hindurch auf kleiner Flamme auf dem Küchenherd gekocht hatte. Leon wiegelte wieder einmal ab. ‹Du brauchst es nicht zu essen›, sagte er zu Steinmann, ‹es gibt genug anderes.› Der Eintopf enthielt auch hartgekochte Eier, deren weiße Schale durch das lange Kochen braun geworden war. Abgepellt hatten sie ein eigentümliches, aber schmackhaftes Aroma. Das Fleisch war so zart, daß es sich mit der stumpfen Seite des Messers zerteilen ließ, und die Hühnerschlegel zerfielen im Mund. Steinmann fand, daß es anders, aber köstlich schmeckte. Ich verstehe, warum er sich nach all den Jahren noch so detailliert daran erinnerte. Die bloße Beschreibung ließ mir das Wasser im Mund zusammenlaufen.

Der Spaziergang am Sonnabendnachmittag

Am Nachmittag gingen Oppenheimer und die beiden Jungen nach der Mittagsruhe spazieren. Während sie langsam den Fluß entlang schlenderten, verneigten sich einige Leute und zogen den Hut, als sie den berühmten Arzt erkannten. Steinmann, der ins Gespräch vertieft an seiner Seite ging, fühlte sich sehr stolz und als etwas besonderes. Die meiste Zeit beantwortete Steinmann Fragen nach der Schule, seinem Zuhause, seinen Eltern und seiner Familie und besonders nach seinen Zukunftsplänen. Oppenheimer schien darüber glücklich zu sein, daß die beiden Jungen planten, zusammen Jura zu studieren, und hatte sich mit der Tatsache abgefunden, daß sein Sohn zum Studium nach Berlin gehen würde. ‹Wir haben dort Familie›, erzählte er Steinmann. ‹Sie sollten sich auch bei ihnen wie zuhause fühlen.› Er sprach dann über das Leben an der Universität, über Studiergewohnheiten (‹Sechs Stunden am Tag sind genug.›), über richtige Ernährung (‹Gehen Sie ins Café, aber nicht aus Gründen der Ernährung.›) und gab weitere Ratschläge dieser Art, wie Erwachsene das so zu tun pflegen.

Steinmann fragte ihn nach einigem Zögern nach studentischen Verbindungen und der aufregenden Welt der Mensuren und ähnlichem. Oppenheimer hielt an und wandte sich den Jungen zu. Zwischen ihnen stehend, legte er jedem eine Hand auf die Schulter. Da beide Jungen bereits größer waren als er, mußte er sich dabei strecken. Er lächelte und sagte: ‹Ein *Mann* zu sein! Das ist wichtig!› Dann lachte er stillvergnügt in sich hinein und wiederholte mit einer ganz leichten Bewegung zu seinem Sohn hin, aber diesmal auf Jiddisch: ‹Ja, so ist es auch bei uns, ein *Mensch* zu sein, das ist die wichtigste Sache.›

‹Ein *Mensch* zu sein›, wiederholte Steinmann 19 Jahre später in seinem Journal zweimal, als er die feine Ironie begriffen hatte. ‹Die wichtigste Sache›, sagte ich mehr als 30 Jahre später, nachdenklich und niedergeschlagen.

7

‹Oxford!› sagen meine Kollegen verächtlich. ‹Ein Ort, dessen große Zeit vorbei ist; englische Dekadenz; das Symbol des britischen Niedergangs.› Man muß aber sehen, wie ihnen der Kamm schwillt, wenn sie eingeladen werden, an diesem ‹Ort, dessen große Zeit vorbei ist› einen Vortrag zu halten und wie sie einen mit berechneter Lässigkeit wissen lassen, daß sie an diesem oder jenem College ein Trimester als Gastdozent verbracht hätten. Ich kann an Oxford nicht mehr auf diese Weise denken. Für mich ist Oxford Claudel, Rachel da Silva, Liebste und Frau Leon Oppenheimers.

Nachdem Steinmann und Oppenheimer in Bremen das Gymnasium abgeschlossen hatten, gingen sie zum Jurastudium nach Berlin. Obwohl das Journal keine Eintragung über die Zeit in Berlin enthält, ist es klar, daß die jungen Männer beide an der Universität herausragten. Nach dem erfolgreichen Abschluß des Studiums wandten sie sich, von ihren Lehrern ermutigt, mit dem Ziel einer akademischen Laufbahn ihrer Promotion zu. Sie beschlossen, als Höhepunkt ihrer Studienzeit ein letztes Jahr mit zusätzlichen Studien in England zu verbringen. Das akademische Jahr 1931/32 sah deshalb Steinmann in Cambridge und Oppenheimer in Oxford.

Es war für mich eigentlich nicht erforderlich, nach Oxford zu reisen. Die Eintragung im Journal über jene Zeit war außerordentlich lang und ausführlich, ganz zu schweigen von ihrem bekenntnishaften Ton (und sogar mit Lyrik angereichert), und ich erfuhr daraus alles, was ich wissen mußte. Aber ich reiste dorthin aufgrund einer spontanen Eingebung auf der Suche nach einer Photographie, einer Photographie, über die Steinmann voller Gram und Selbstvorwürfen geschrieben hatte, jener Photographie von Claudel, die einige Monate vor der Hochzeit bei Robertson's (einem Studio in Oxford) aufgenommen worden war und die er verloren hatte. Steinmann nannte sie das Porträt aus Oxford. Er und Leon hatten Claudel in Bezug auf Garderobe und Frisur beraten, sie zur Sitzung begleitet und das Ergebnis bewundert.

Ich versuchte, Robertson's aus Deutschland anzurufen. Von der internationalen Telephonauskunft erfuhr ich, daß es kein Geschäft dieses Namens gab. Was konnte man schon erwarten. Schließlich war es lange her. Aber dann hatte ich einen glänzenden Einfall, der – da bin ich mir sicher – zu meinem anschließenden Glückstreffer führte. (Natürlich glaube ich nicht wirklich an solche Dinge.) Ich schrieb an einen Kollegen, der Gastdozent am All Souls College (dem dekadentesten von allen) war, und bat ihn, die alte Adresse von Robertson's zu überprüfen. Er schrieb einige Wochen später zurück und teilte mir mit, daß es unter der Adresse zwar nicht Robertson's, aber ein anderes Photostudio gebe. Vielleicht, so dachte ich mir, war das neue Geschäft Robertson's Nachfolger und hatte das alte Plattenarchiv aufbewahrt. Cleo lachte und sagte: ‹Ja, das ist eine Reise wert.› Ich glaube, sie freute sich darüber, daß ich aufgrund einer spontanen Eingebung handelte.

Der Flug von Frankfurt nach London war entsetzlich. Es war eine jener Reisen, auf denen der Pilot in einem ausdruckslosen und gelangweilten nasalen Tonfall (einer von den Amerikanern übernommenen Affektiertheit) ankündigt, ‹der Flug wird etwas unruhig sein›, was heißt, daß man kurz darauf gelobt, in den Schoß der Kirche zurückzukehren, wenn man nur sicher landet. Nach der

Landung fällt einem zum Glück wieder ein, daß das BGB eine Regelung enthält, nach der unter Zwang abgegebene Willenserklärungen anfechtbar sind.

In Heathrow wiesen viele Schilder auf die besondere Busverbindung vom Flughafen nach Oxford hin. Ich beschloß stattdessen (spontane Eingebungen schienen an jenem Tag ‹in› zu sein), die Reise zu wiederholen, die Steinmann von Cambridge nach Oxford unternommen hatte, als er sich auf den Weg machte, um Claudel zum erstenmal zu treffen. Ich fuhr mit der unangenehm riechenden U-Bahn nach London hinein (die Hälfte der Fahrt im Stehen), stieg Richtung Liverpool Street um und landete durch einen Fehler am Bahnhof Waterloo. Bis es soweit war, daß ich in den Zug nach Cambridge einstieg und mich in ein vollgestopftes, einem Dampfbad ähnliches Abteil zwängte, dessen Fenster alle fest verriegelt waren (natürlich regnete es), waren Napoleons Bataillone in meinem Kopf aufmarschiert, war die Schlacht noch einmal geschlagen und Waterloo ein zweites Austerlitz geworden. Inzwischen war mir aufgegangen, wie dumm mein spontaner Einfall gewesen war. Ich würde auf demselben Weg (vielleicht sogar mit demselben Zug) zurückfahren (ich stellte mir lebhaft vor, wie ich Wellington persönlich demütigen würde, wenn ich seine Kapitulation entgegennähme), London mit der U-Bahn durchqueren und dann einen anderen Zug (der kaum besser riechen würde als die U-Bahn) nach Oxford nehmen müssen.

Was mich in Gang hielt, war die Vorfreude auf Oxford. Es war für mich das erstemal. Ich phantasierte mir ein Bild von Oxford zusammen, das ich einem Poster für Touristen entnommen hatte; dabei ging die Sonne hinter prächtigen Turmspitzen unter, und im Hintergrund erklang ein Knabenchor, der ein Weihnachtslied sang (oder ist das Cambridge?).

Als ich ankam, war kein Gesang zu hören, nur die ohrenbetäubenden Durchsagen im Bahnhof. Es gab keinen Sonnenuntergang, nur den üblichen Nieselregen, der unerläßlich zu sein schien. Und es gab keine Turmspitzen, nur eine auf eindrucksvolle Weise heruntergekommene Szenerie, die geradewegs aus einem deprimierenden Fassbinder-Film zu stammen schien. Ich tröstete mich mit dem Gedanken, daß dies die Bahnhofsgegend sei und daß sie nicht anders sein könne als irgendeine Bahnhofsgegend (sind Sie schon einmal mit dem Zug nach Heidelberg gefahren?) und daß das Stadtzentrum in der Nähe meines Hotels anders sein würde. Das war es nicht. Stattdessen begrüßten mich zahllose Bankfilialen, Grundstücksmakler und Hypothekenbanken sowie zahlreiche Läden, in denen elektronischer Schnickschnack oder Schmuck verkauft wurde (in denen anscheinend alle Waren im Ausverkauf angeboten wurden und die nicht die Ironie wahrnahmen, die darin lag, daß sie vehement ihre ureigene Billigkeit verkündeten). Überall stieß man auf moderne ‹Restaurants› mit großen Schaufenstern, hinter denen meistens einzelne Leute an absurd kleinen Tischen saßen oder standen, aus Styroporschachteln aßen und sorgsam darauf achteten, nicht untereinander oder mit den Zuschauern von draußen in Blickkontakt zu treten. Das war Oxford, und nach allem, was ich kannte, hätte es auch Düsseldorf oder Wuppertal sein können.

Das ‹Hotel› hatte ich mir selbst zuzuschreiben. Ich hatte im Reisebüro darum gebeten, mir ein zentral gelegenes preiswertes Hotel auszusuchen. Ich hätte wissen müssen, daß ‹preiswert› in den Reisebüros das Codewort für billig und schmutzig ist. Das Zimmer war klein, das Fenster noch kleiner. Das Badezimmer lag auf dem Flur und hatte eine alte Badewanne mit zersprungener Emaille sowie ein Waschbecken mit getrennten Hähnen für warmes und kaltes Wasser. ‹Es ist nicht schmutzig›, berichtete ich Cleo sehr spät in der Nacht aus einer Telefonzelle, ‹es ist total verdreckt; der Schmutz hat sich schon in die Emaillierung hineingefressen.› Das Bett war zu weich, und die Bettlaken waren aus rosa Nylon, dem

Nylon, aus dem Damenunterwäsche angefertigt wird. Doch als mich der Angestellte am Empfang fragte, ob mir das Zimmer gefalle, lächelte ich zustimmend. Das mache ich eben immer.

Als ich am nächsten Morgen müde, überanstrengt und ungewaschen aufwachte, beschloß ich, daß der Photograph warten müßte. Ich verbrachte den Vormittag damit, Laken aus Baumwolle und ein Kissen zu kaufen. Es gelang mir sogar, eine dieser komischen Vorrichtungen mit Gummischläuchen zu finden, die sich an den Hähnen einer Badewanne befestigen lassen und es ermöglichen zu duschen. Cleo lachte, als sie meinen täglichen Bericht hörte. ‹Warum bist du nicht in ein anderes Hotel gezogen?› fragte sie. Ja, warum? Sie hätte mich ebensogut fragen können, warum ich dem Mann vom Hotel gesagt hatte, daß mir das Zimmer gefalle, warum ich die dringende Notwendigkeit verspürte, meine Duschvorrichtung ins Hotel zu schmuggeln und sie nach Gebrauch in meinem Gepäck zu verstecken, und warum ich jeden Tag meine neuen Laken aus Baumwolle hastig einpackte und sie durch den rosafarbenen Dreck ersetzte, bevor das Mädchen kam, um das Zimmer in Ordnung zu bringen.

Nachdem ich mich erst einmal eingerichtet hatte, wandte ich mich dem Photo zu. Glauben Sie mir, wenn ich Ihnen erzähle, daß an meinem dritten Tag in Oxford, als ich aufbrach, der Himmel aufklarte und der Tag heiter, ja beinahe strahlend wurde? Als ich an meinem Ziel ankam, fand ich ein Studio mit Namen Gillmore & Sons. Einer der Söhne hörte sich meinen seltsamen Wunsch ohne große Begeisterung an. Er war so höflich, seinen Vater herbeizurufen, der sich für die Sache interessierte. Ja, das alte Archiv hätten sie noch. Nein, er hätte nie die Gelegenheit gehabt, es durchzusehen. Ja, er würde nach der alten, 1932 belichteten Glasplatte einer Rachel da Silva suchen. (‹Muß ich unter D oder unter S suchen, Sir?›) Ja, er könnte eine Vergrößerung anfertigen, allerdings würde das teuer, weil sie in Handarbeit hergestellt werden müßte. Ob ich in einigen Tagen wiederkommen könnte. Ich war begeistert. Ich wußte, daß er die Platte finden würde, und das Photo von Claudel zu finden war sogar noch besser, als Martha I zu finden.

Ich verbrachte den Rest des Tages und den nächsten Tag damit, die Colleges von Oxford in Augenschein zu nehmen: Sie sind wirklich wunderbar. Man braucht nur einige Schritte durch ein Tor zu gehen und wird in jene grausame Pracht aus Raum und Licht und Schönheit versetzt. Ich fragte mich, welche Wirkung der vom Schicksal bestimmte (und von der Planung entworfene) Gegensatz zwischen der Pracht der Colleges und dem Schmutz der Stadt wohl auf die einen, die dazugehörten, und auf die anderen, die ausgeschlossen waren, haben würde? Ich erforschte die Colleges systematisch mit Hilfe meines altmodischen und erschöpfenden Reiseführers. Aber meine Gedanken wanderten ständig hin und her, besonders als der Zeitpunkt nahte, Oppenheimers altes College aufzusuchen, das ich mir bis zum Schluß aufgehoben hatte. Ich brauchte nur einen kleinen Torweg zu finden, der an einer hohen Mauer entlang führte. Dieser Torweg würde mich in den Collegegarten führen, und wenn ich mich scharf nach rechts wandte, würde ich das Gebäude erblicken; die zweite Fenstergruppe war Oppenheimers Wohnung.

8

Ich versuchte gerade, Steinmanns vierten Besuch in Oxford zu rekonstruieren. Während der ersten beiden Trimester besuchten sich Steinmann und Oppenheimer abwechselnd und schrieben sich häufig zwischen den Besuchen. Dann folgte eine Periode des Schweigens. Steinmann hegte einen Verdacht und war deshalb nicht völlig überrascht, als er einen Brief erhielt, in dem Leon bekanntgab, daß er sich verlobt habe. Steinmann antwortete ihm überstürzt: ‹Wer ist sie? Ist sie Engländerin?› Leons Antwort war positiv. Steinmann überschlug, daß Leon seine Verlobte höchstens seit einigen Monaten kennen konnte. Als derjenige mit ‹Erfahrung› schloß Steinmann daraus, daß Leon gerade seine ‹erste Liebe› durchmachte, und er war davon überzeugt, daß die Vernarrtheit vorübergehen würde. Voller Neugier machte er sich auf den Weg nach Oxford. ‹Theo, ich möchte gern, daß Du sie kennenlernst; sie kann es auch kaum erwarten›, hatte Oppenheimer geschrieben. Steinmann war davon überzeugt, daß es, hätte er erst einmal seine Neugier gestillt, seine Pflicht wäre, den Freund von einer Torheit abzubringen.

Steinmann betrat das College durch dieselbe kleine Seitenpforte, die ich benutzte, und war ganz aufgeregt bei dem Gedanken, endlich dem Mädchen zu begegnen, das seinen Freund für sich eingenommen hatte. Er ging auf Leons Zimmer im Erdgeschoß zu und hatte die Absicht, ihn durch das Fenster zu begrüßen und hineinzuklettern, wenn es niemand sähe. So wird es heute noch gemacht, ich habe es selbst gesehen. Die Blätter der mächtigen alten Eiche, die neben dem Fenster von Leons Zimmer stand, hielten die Sonne fern. Als ich mich im tiefen Schatten gegen den Stamm lehnte, genau so wie Steinmann es getan hatte, als er Claudel zum erstenmal erblickte, fühlte ich, wie mich ein kalter Schauer durchlief. Claudel saß mit untergeschlagenen Beinen auf einem Lehnstuhl. Steinmann sollte sie das ganze Frühjahr hindurch in dieser Haltung sehen und würde oft neben ihrem Stuhl auf dem Fußboden sitzen. Oppenheimer lag auf dem Bauch, auf seinem Bett ausgestreckt, die Schuhe gegen die Wand, und hatte ihr im Gespräch den Kopf zugewendet. Eine Zeitlang nahm keiner von beiden Steinmann wahr. In seinem Journal spricht Steinmann von Claudels ‹außergewöhnlicher jüdischer Schönheit›. Heute wäre eine solche Ausdrucksweise zu gewagt, auch wenn man vielleicht mit ‹exotischer Schönheit› durchkäme. Ich empfand dasselbe, als ich zum erstenmal auf das Porträt aus Oxford starrte (kein anderes Wort wäre angemessen). Das altmodische luxuriöse Photopapier, die dunkle Sepiatönung und ein außerordentliches Gefühl für Form und Komposition (offensichtlich hatte sie den besten Photographen ausgesucht) hielten Claudels Aura auf eine Weise fest, wie dies keine moderne Farbtechnik zustande brächte.

Vielleicht finden Sie, daß ich es mir zu einfach mache, wenn ich mein Augenmerk zuerst auf Claudels Schönheit richte. Zu meiner Entschuldigung kann ich vielleicht anführen, daß dies auch Steinmanns erster Eindruck gewesen sein muß, als er sie seinerseits, ohne gesehen zu werden, durch das Fenster von Oppenheimers Arbeitszimmer anstarrte, während sie mit einem belustigten Lächeln im Gesicht Leons ‹ernster Unterhaltung› lauschte. Aber man braucht sich dafür nicht zu entschuldigen. Sogar Cleo räumte das alles ein, als sie erst das Porträt aus Oxford gesehen hatte.

Vielleicht finden Sie es auch banal, daß ich das Wort ‹Aura› verwende, um Claudels Schönheit zu beschreiben. Aber ‹Aura› ist eindeutig das passende Wort. Die Photographie zeigt Claudel mit demselben belustigten Lächeln im Gesicht, und die Augen (Cleo: ‹nicht *die* Augen, *deine* Augen›) werden zu ihrem breiten (fast zu breiten) vollen Mund hingezogen. Das Weiß ihres Kragens hebt ihren bezaubernden dunklen Teint hervor, der deutlich ihre vornehme portugiesische Abkunft beweist. Und wenn man dann auf ihre Krone aus schwarzem Gold blickt – reiche, schwere und im Überfluß vorhandene weiche Locken, die aus der hohen Stirn nach hinten gekämmt sind und im Nacken lose zusammengehalten werden –, kein tiefes Schwarz, kein mediterranes Schwarz, sondern einer jener täuschend dunklen Brauntöne, die schwarz erscheinen, bis sie im direkten Sonnenlicht aufleuchten (was die sorgfältige Beleuchtung der Photographie mit bewundernswerter Genauigkeit erfaßt), erscheint Claudels dunkler Teint wie durch einen Zauber als eine feine, transparente Nuance von Blässe. Ich habe mir die Photographie seit langem nicht mehr angesehen und werde es wahrscheinlich auch nie wieder tun. Der Schmerz wäre nicht zu ertragen. Aber nach meiner Rückkehr aus Oxford sah ich sie mir häufig an, wobei ich immer wieder über die lebendige Wiedergabe von Claudels Hautton staunte. Jüdische Schönheit? Exotisch? Suchen Sie sich etwas aus. Claudel besaß es in überwältigendem Ausmaß.

Einige, vielleicht sogar die meisten von Ihnen werden etwas über ihre Augen, ihren Blick und ihren Gesichtsausdruck erfahren wollen. Hier sind die Worte, die ich wähle, alles andere als banal: Sie war eine Königin. Nicht stolz, nicht hochmütig, verbannen Sie die aufsteigenden Bilder einer von Velazquez gemalten Edeldame aus Ihrer Vorstellung. Claudel hatte den gelassenen Ausdruck des wahrhaft Königlichen, in dem Distanz und Einfühlungsvermögen friedlich Seite an Seite existieren. Und wenn auch, wie Steinmann bemerken sollte, Claudels Ausdruck von der Liebe bestimmt war (der heiteren Spielart, die tief im Fels des Lebendigen existiert), so war doch ihre Reife sogar in jenen frühen Tagen des Feuers offenkundig. Claudels Augen hatten die Farbe ihres Haares, ein tiefes dunkles Braun.

Steinmann erfuhr alles, was es über den Hintergrund von Leons Verlobter zu erfahren gab. Ich bin mir sicher, daß er mehr als neugierig war. Er war fasziniert, überwältigt. Ursprünglich aus Portugal stammend, waren die da Silvas in die Niederlande gezogen, als die Juden von der iberischen Halbinsel vertrieben worden waren, und später, gegen Ende des 18. Jahrhunderts, nach England. Dort angelangt, gründeten sie eine Handelsbank und hatten auf eine ruhige, unauffällige Art Erfolg. Das Oberhaupt der Familie und des Unternehmens war Claudels Vater. (Jetzt haben wir eine Geschichte, in welcher der deutsche Jude Arzt und der britische Jude Bankier ist. Cleo nannte dies Zusammentreffen ‹ganz wunderbar› und mit einem ihrer Lieblingsausdrücke ‹passend›, fügte jedoch geheimnisvoll in einem mysteriösen Ton hinzu, ‹passend auch für uns›.) Es ist mir nicht gelungen, irgendwelche Einzelheiten über die Herkunft der Mutter Claudels herauszufinden, bis auf einen Hinweis, der die Annahme nahelegt, daß ihre Familie viel später als die da Silvas, wahrscheinlich aus Österreich-Ungarn nach England eingewandert ist. Claudel hatte drei ältere Brüder. Die beiden älteren waren Juristen (wer hätte das gedacht) und der jüngere Arzt. Man kann sich leicht vorstellen, wie es gewesen sein muß, in diesem Haushalt mit zwei abgöttisch liebenden Eltern und drei anbetenden Brüdern als Benjamin aufzuwachsen. Und natürlich mußten es für Claudel die besten Schulen und Hauslehrer und alles übrige vom Feinsten sein. Trotz allem sprach sie über ihre Familie noch immer mit Zuneigung und beträchtlichem Humor.

Steinmann zog praktisch nach Oxford, nachdem er bei seinem vierten Besuch Claudel begegnet war. Die Hochzeit war für den Sommer geplant. (‹Du erwartest wohl nicht, daß ich sieben Jahre warte?›, lautete Claudels Erklärung.) Weil Steinmann nicht so lange in England bleiben konnte, wollte er – so sagte er Leon – im voraus soviel Zeit wie möglich mit Leon und Claudel verbringen. Von den dreien (und ein Trio waren sie geworden) studierte nur Claudel auf einen Abschluß hin. Sie studierte im letzten Jahr an einem Frauencollege in Oxford Neue Sprachen. Und deshalb drehte sich das Leben der beiden Männer um Claudels Stundenplan. Es ist in diesem Fall schwierig, Sie mit einer Anspielung aus Literatur oder Film abzuspeisen, wie ich es an anderer Stelle getan habe, und Ihre Phantasie einzuladen, die erforderlichen Ergänzungen vorzunehmen. Vielleicht ein wenig *Jules und Jim*? Aber das ist zu weit von England und Oxford entfernt. Sogar *Brideshead Revisited*, der kürzlich als aufwendige Fernsehserie verfilmte Roman des englischen Schriftstellers Evelyn Waugh, ist nicht geeignet, die Erfahrungen von Claudel & Co. genau widerzuspiegeln. Die beiden Deutschen hätten niemals zur guten Gesellschaft von Oxford gehören können, noch hätte dies, wie ich vermute, die Jüdin aus London, sicherlich nicht in den zwanziger und dreißiger Jahren. Diesmal sind Sie also gezwungen, Ihre Phantasie mit den wenigen Versatzstücken arbeiten zu lassen, die ich dem Journal, meiner eigenen Reise und unserem zweiten Treffen mit Steinmann entnommen habe.

An Tagen, an denen sie Vorlesungen hörte, pflegten Steinmann und Oppenheimer außerhalb des Hörsaalgebäudes auf Claudel zu warten und sie dann untergehakt zum Mittagessen zu begleiten, wobei ihr ärmelloser Talar im Wind flatterte. Sie geleiteten sie auch auf ähnliche Art zu ihren Tutorenkursen im College und warteten vor der Loge des Portiers, um sie zum Abendessen auszuführen. Sie waren alle froh, der Verpflegung im College zu entkommen. Die drei haben sicherlich große Aufmerksamkeit erregt, besonders wenn man das ungesunde Aussehen der Engländer mit ihrem bleichen fahlen Teint bedenkt. (Oxford mag eine Hauptstadt der Gelehrsamkeit sein oder auch nicht, aber sicher ist es die

Hauptstadt der Pickel.) Stellen Sie sich nur die beiden Männer vor, hochgewachsen und stattlich mit perfektem nordischen Aussehen, wie sie, Claudel in der Mitte, die Hauptstraße von Oxford entlanggehen. Ihre spektakuläre dunkle Schönheit hätte allein schon bewirkt, daß sich alle Köpfe nach ihr umdrehten. Die drei zusammen machten sicherlich eine aufsehenerregende Figur.

Steinmann war schon aus der gemeinsamen Studentenzeit in Berlin mit den restriktiven Ernährungspraktiken seines Freundes vertraut. Damals hatte er dem wenig Aufmerksamkeit geschenkt, aber in Oxford fand er es seltsam, daß sich Claudel ähnlich verhielt. In seiner Vorstellung waren diese Regeln etwas, das zu Leon gehörte.

Die Ernährungsvorschriften wirkten sich ein wenig auf Steinmanns, Oppenheimers und Claudels Vergnügungen aus. Die drei unternahmen (in Claudels Auto) lange Expeditionen in das Land und erforschten alle Etablissements, in denen Fisch serviert wurde (damit war etwas anderes gemeint als *fish and chips*, fügte Steinmann pointiert hinzu). In Oxford suchten sie sich die teuersten Restaurants der Stadt aus und taten sich an gegrilltem frischem Lachs aus Schottland und ähnlichem gütlich. Ich suchte eine der Stätten auf, die in dem Journal erwähnt waren (ein altmodisches Hotel, das einiges von seinem ursprünglichen Charme bewahrt hatte) und bestellte ein solches Gericht. Der Kellner sah mich strahlend an; als die Rechnung kam und ich sein Trinkgeld ausrechnete, verstand ich warum.

Als Leon beschloß, die ‹jüdische Küche› von London zu probieren, und äußerte, daß Berlin zu untypisch sei, fuhren die drei an fünf aufeinander folgenden Sonntagen hinüber, um in zahllosen (tatsächlich zwischen sieben und neun) Restaurants zu speisen, die von der Eleganz des Westends bis zu meist im Eastend von London gelegenen echten Arbeiterkneipen reichten. Steinmann pries das Essen, besonders das Mittagessen in den billigeren Gaststätten.

(Der Salzhering und der dazu gereichte polnische Schnaps gefielen ihm am besten.) Claudel nutzte diese Anlässe, um den beiden Ausländern einen fortlaufenden Kommentar über die verschiedenen Typen unter den britischen Juden zu geben, wobei sie jede Art mit einem unterschiedlichen Gericht verglich. (‹Das ist X – eine perfekte *Blintze*!›) Eine Gruppe ordnete sie sogar einer verbotenen Speise zu. (‹Sieh nicht hin, das ist Y. Theo, hast du jemals von einer *Judensau* gehört? Jetzt hast du eine gesehen.›) Als ich das las, fühlte ich mich peinlich berührt. Ich fragte mich, ob Steinmann das auch so empfunden hatte. (Cleo: ‹Du solltest deine Gefühle nicht auf ihn projizieren› – sie meint, es müsse Steinmann eher ein gutes als ein schlechtes Gefühl verschafft haben, daß sie ihn in ihre Witzeleien über volkstypische Eigenarten einbezogen hätten.)

Auf unserer späteren Reise nach London sahen Cleo und ich uns nach den jüdischen Restaurants um, die in dem Journal erwähnt waren, konnten aber nur zwei finden: eins im Westend und eins im Eastend. Keins von beiden gehörte dem Arbeitermilieu an, und keins von beiden servierte polnischen Schnaps zum Salzhering (der, wie ich zugeben muß, phantastisch schmeckte). Das Essen war ein wenig wie das Zeug, das man in Touristenrestaurants in Osteuropa bekommt, nicht schlecht, aber auch nicht gerade gut, und die Weine waren ein Witz. Wir blieben beim Schnaps (deutschem!) und bei alkoholfreien Getränken. Ich bin mir nicht sicher, wieviele englische Juden heutzutage solche Restaurants aufsuchen. Die anderen Gäste, die etwas aßen, schienen überwiegend Amerikaner und, wie wir vermuteten, Israelis zu sein. Zweifellos waren wir dort die einzigen, die keine Juden waren. Ich fühlte mich doppelt unsicher, weil ich glaubte, daß unser Akzent uns als deutsche Nichtjuden entlarven würde. Niemand schien es zu bemerken. Cleo lachte nur und sagte: ‹Das ist ihnen doch völlig egal.›

9

Für Claudel & Co. gab es auch noch anderes als Hering und Schnaps. Das Trio verbrachte viele Stunden zusammen; man ging spazieren, fuhr Stocherkahn oder saß und unterhielt sich in Oppenheimers Wohnung. Die Eintragung über Oxford im Journal erwähnt überhaupt keine andere Person, als ob sich die drei in ihren eigenen Kokon eingesponnen hätten. Ich fragte mich, was sonnabends gewesen war, aber das wird im Journal nicht erwähnt. Claudel könnte es genossen haben, zum Mittag- und Abendessen begleitet zu werden; in der Tat war es eindeutig so. Aber bei der Unterhaltung lagen die Dinge anders. Es ist nicht klar, wer hier wen begleitete. Alle drei waren leidenschaftlich an Sprachen interessiert, und sie erfanden ein Spiel, das sie ‹Babel› nannten. Es bestand darin, in einer Fremdsprache ziemlich einfache Fragen zu stellen, zu deren Beantwortung Wörter erforderlich waren, die der Gegner nicht kannte. Cleo und ich versuchten es eines Abends zu spielen. Es war überraschend zu bemerken, wieviele ziemlich einfache Ausdrücke man in einer neuen Sprache niemals lernt. (Versuchen Sie es zum Beispiel selbst einmal mit den Namen von Blumen und Bäumen in irgendeiner Fremdsprache, die Sie kennen.) Steinmann, Oppenheimer und Claudel waren in dem Spiel alle sehr gut, besonders im Lateinischen. Alle hatten sie so bemerkenswerte Kenntnisse in dieser Sprache, daß sie zum Spaß einen ganzen Tag damit verbrachten, nur Latein zu sprechen. Im Griechischen war keiner besonders stark, aber Claudel spielte mit den beiden anderen im Französischen, schlug sie vernichtend im Italienischen, und im Spanischen konnte von einem Wettbewerb keine Rede sein. Claudels größter Sieg ereignete sich indessen, als es ihr gelang, einen von ihnen (der Name war nicht erwähnt) im Deutschen zu schlagen! Claudel sprach ein ausgeprägtes Upper-class-Englisch, aber trotzdem beherrschte sie die Fremdsprachen akzentfrei. Sie pflegte lachend zu sagen, daß ihre ausländischen Hauslehrer und Ferienaufenthalte auf dem europäischen Festland ja zu irgendetwas gut gewesen sein mußten. Das einzige Gebiet, auf dem Claudel sich nicht auszeichnen konnte, war das Aramäische – in dieser Sprache war sie Leon nicht gewachsen, aber Cleo und ich nehmen an, daß dies nur deshalb so war, weil nach jüdischer Tradition die Frauen nicht so viele Aramäisch enthaltende heilige Schriften studieren wie die Männer, wie wir kürzlich herausfanden. (Heimlich genoß ich es, Cleos zwiespältiges Unbehagen daran wahrzunehmen.) Im Hebräischen behauptete Claudel sich gut. Steinmann setzte natürlich in den Hebräisch- und Aramäischrunden aus, schrieb aber die Ergebnisse an.

Claudel war eine begeisterte Anhängerin der modernen Literatur und Dichtung. Auch Steinmann und Oppenheimer standen der Belletristik nicht gleichgültig gegenüber. Sie kannten ihren Faust auswendig und konnten recht gut Shakespeare rezitieren (wenn auch auf Deutsch); erst Claudel brachte ihnen allerdings die Schönheit Heines nahe. Aber seit dem Verlassen des Gymnasiums hatten sich beide von literarischen Themen abgewandt, und sicherlich waren sie von den modernen Autoren weit entfernt. Claudel pflegte ihnen aus Texten von Kafka und Eliot, Joyce und Gide vorzulesen. Sie hatte eine gute Stimme, und da Steinmann und Oppenheimer wußten, daß sie es genoß, laut vorzulesen, taten sie sich selbst und ihr etwas Gutes. (Auch Cleo und mir gefallen die modernen Autoren, obwohl sie für uns bereits Klassiker sind, und wir finden es schwierig, uns vorzustellen, wie es gewesen sein muß, in der

Epoche zu leben, in der diese Werke zuerst erschienen.) Während Steinmann ihr zu Füßen saß und Oppenheimer auf dem Bett lag, pflegte Claudel vorzulesen; die Männer hörten ihr dabei zu, rauchten, tranken vielleicht ein wenig, und dann pflegten sie alle endlos zu reden.

Oppenheimer und Steinmann gefielen die Gedichte am besten. Claudel nutzte ihre doppelte Leidenschaft für Sprachen und für Dichtung, indem sie die noch nicht übersetzten neuen Werke ins Englische übertrug. Zuerst pflegte sie mit leicht ausdrucksloser Stimme ihre Übersetzungen vorzulesen und dann ausdrucksvoll die Originale. Mit Ausnahme der von mir genannten Autoren erwähnt Steinmann keine Namen. Er gibt indessen wenige Bruchstücke von Claudels Übersetzung eines modernen hebräischen Gedichts wieder. Steinmann konnte sich nur an zwei Strophen erinnern, und mir ist es nicht gelungen, den Verfasser oder den vollständigen Text zu entdecken. Das Gedicht gefällt Cleo und mir.

Nimm mich unter deinen Flügel,
sei meine Mutter, meine Schwester.
Nimm meinen Kopf an deine Brust,
meine verbannten Gedichte in dein Nest,

...

Ich wurde von den Sternen getäuscht.
Es gab einen Traum; er verging.
Ich habe gar nichts auf der Welt,
nichts als eine unermeßliche Öde.

Vielleicht ist dies die richtige Stelle, um die zweite Photographie zu erwähnen, auch wenn Cleo und ich erst anläßlich unseres zweiten Besuchs bei Steinmann auf sie gestoßen sind. Die zweite Photographie, eine beachtliche Leistung, stammt auch aus der Zeit in Oxford und ist von Leon mit seiner Leica II und einem Elmar-Objektiv aufgenommen worden. (Leon machte vor seiner Hochzeit Steinmann die Kamera zum Geschenk. Nach Steinmanns Testament fielen das Meißner und das silberne Teeservice an Cleo, und ich erhielt die Leica. Wir haben uns noch nicht entschieden, was wir mit diesen Erbstücken machen.) Die Photographie wurde ausgerechnet in Calais aufgenommen. Die Szene spielt am Strand, und es ist wirklich komisch, jene Badeanzüge aus den Zwanzigern zu sehen. Leon ist nicht mit auf dem Bild (Leitz führte den Selbstauslöser erst mit dem Modell IIId ein). Trotz der Jahre und des vergilbenden Papiers sind Steinmann und Claudel recht gut zu erkennen. Steinmann sieht erwartungsgemäß groß und schmächtig aus. Aber man kann den Unterschied zwischen Jugend und Alter nicht verheimlichen. Auf dem Photo sieht Steinmann jung aus, und der Unterschied liegt nicht einfach in dem blonden Haar von damals. Er liegt in dem Lächeln auf seinem Gesicht, dem Lächeln, das wir beim Herrn Professor nie so richtig gesehen hatten. Claudel ist in Richtung auf Steinmann von der Camera abgewandt. Ihre Hände liegen auf seiner Schulter, und sie blickt ein wenig zu ihm auf, wobei sie lacht und ihr Haar, von keiner Mütze und keinem Hut behindert, frei herabfällt. Man kann sagen, daß sie für eine Frau groß war.

Es gibt keinen Hinweis darauf, wie während jener Wochen im Frühling die Schlafordnung aussah. Cleo lächelte, als ich sie – nach einigem Zögern – um ihre Meinung bat. ‹Bist du schon einmal in Calais gewesen?›, fragte sie. ‹Es gibt nur einen Grund, warum sich eine solche Fahrt lohnt, und das muß damals sogar noch mehr gegolten haben.› Ich bin erstaunt.

Das letzte Fragment, das ich rekonstruieren konnte, sicherlich der bewegendste Abschnitt im Journal aus der Zeit in Oxford, betrifft eine Kahnpartie auf der Themse. Es war ein warmer, stürmischer Tag, und die drei wurden von einem jener gewaltigen Sommerschauer überrascht: kurz, heftig und mit durchdringender Nässe, reichlich Donner und fernen Blitzen.

Steinmann schrieb, indem er sich an Leon wandte: ‹Als sich der Himmel öffnete, hast Du gerade den Kahn gestakt. Ich ergriff Claudels Hand. Sie war vom Regen naß, aber ich konnte ihren feinen Schweiß spüren.› Dies waren genau seine Worte – ‹feiner Schweiß› – und sie ziehen mir das Herz zusammen.

Was waren Steinmanns wahre Gefühle? Im Journal beschreibt er die Zeit in Oxford mit verblüffender Einfachheit als ‹den glücklichsten Abschnitt meines Lebens›. Es muß wohl auch der leidvollste gewesen sein, obgleich er das nicht zugeben würde. Soweit sich das sagen (und erraten) läßt, war seine anfängliche Reaktion ziemlich komplex. Es war ihm sofort klar, daß die Verbindung zwischen Leon und Claudel keine Vernarrtheit und daß an ihren Absichten nichts Leichtfertiges war, und er war glücklich für sie, insbesondere für Leon. Er war aber – da bin ich mir sicher – auch verunsichert. War er eifersüchtig? Ich muß wohl annehmen, daß er es war. Hätte es denn anders sein können?

Um damit anzufangen: nach einem Jahr in England war er auch nicht im entferntesten irgendeiner der englischen Frauen, denen er in Cambridge begegnet war, näher gekommen, und Leon, der Neuling, war tatsächlich gerade dabei, sich mit einer zu verloben. (Cleo verwarf diese Hypothese ‹mit Verachtung›. Ich sagte, daß sie ‹nicht ausgeschlossen werden könne›. Sie sagte: ‹Du bist ein Narr.› Ich sagte: ‹Wie kann eine Naturwissenschaftlerin so unmethodisch vorgehen?› Zugegeben rede ich manchmal wirklich dummes Zeug, wenn sie mich wütend macht, meistens wenn sie recht hat. Aber liege ich diesmal etwa falsch?) Natürlich gab es auch noch die offensichtliche Tatsache, daß man dabei war, ihm – zumindest in gewisser Weise – seinen vertrauten Freund wegzunehmen. Jeder fände das beunruhigend. (Cleo: ‹Banal, selbst wenn es wahr wäre.›)

Cleo glaubt, und ich gebe zu, daß sie recht hat, es seien andere Dinge abgelaufen, aber ich bin mir nicht ganz sicher, welche Schlußfolgerungen daraus gezogen werden sollten. Zwei Dinge im Journal schienen mir wichtig zu sein, auch wenn sie nicht von der Art waren, daß ich es fertig gebracht hätte, Steinmann bei unserem zweiten Besuch in seinem Haus danach zu fragen. Demnach müssen Sie das folgende aus meiner Sicht als Mutmaßung behandeln. (Juristen bezeichnen so etwas als Freizeichnung.)

Was halten Sie von folgendem? Bei drei unterschiedlichen Gelegenheiten merkte Steinmann im Journal an, daß Leon und Claudel, obwohl ihre Liebe offensichtlich frisch war, den Eindruck erweckten, sich schon seit Jahren zu kennen. Es irritierte Steinmann, auf welch natürliche Art und Weise sie miteinander umgingen. Er bemerkte, daß sich keine Spur von der Anspannung fand, die man – auch heute noch – üblicherweise bei der Begegnung von Menschen aus zwei verschiedenen Ländern wahrnimmt. Natürlich war es hilfreich, daß Oppenheimers Englisch wie auch Claudels Deutsch ausgezeichnet waren. (Als Cleo und ich darüber diskutierten, stellte sie meine Verwendung des Wortes ‹irritierend› in Frage; Steinmanns Eintragung lautet ‹ein völliges Fehlen von Befangenheit›. Ich glaube schon, daß er irritiert war.)

Wie sollte man überdies eine Erklärung für Steinmanns Erstaunen (auch ich war erstaunt) finden, als Leon ihm berichtete, daß seine Eltern der Heirat zugestimmt hätten, ohne jemals das Mädchen gesehen oder ihre Familie getroffen zu haben. Da Silva und Oppenheimer hatten sich geschrieben und dann am Telephon miteinander gesprochen (für jene Zeit sehr bemerkenswert) und hatten beide der Heirat zugestimmt, die Ende Juni stattfinden sollte und für die Leons Eltern natürlich nach London reisen würden. Es war erstaunlich. Leon war der einzige Sohn und Claudel war die junge, innig geliebte Tochter. Und es waren die dreißiger, nicht die neunziger Jahre.

Hier ist also meine Theorie (bekanntlich greifen wir Professoren nach unseren Theorien wie ein Mexikaner nach seinem Gewehr) über Steinmanns verborgene Gefühle. Als Steinmann sich 1943 hinsetzt, um sein Journal zu schreiben, ist er bereits durch die dazwischen liegenden Jahre erschüttert, durch Leons – durch das rassistische Klima in Deutschland bewirkten – Fehlschlag, nach ihrer Rückkehr eine Anstellung an der Universität zu erhalten, und durch den nahezu sicheren späteren Tod seines Freundes in den Lagern. Deshalb ist sein Tonfall gedämpft, nostalgisch, idealisierend und schmerzlich berührt. Aber selbst ihm gelingt es nicht, das zu verbergen, was ich oben die Roststellen seines Berichts genannt habe. Erinnern Sie sich an Bremen und besonders an das Wochenende. Er schreibt über sein ‹Erstaunen› und seine ‹Überraschung›, aber auch von seinem ‹Schock›. Sicherlich muß ihn die Entdeckung gedemütigt haben, daß sein bester Freund, sein Busenfreund, dieser kompletten Welt angehörte, die er von ihm ferngehalten hatte, und – schlimmer noch –, die er nicht vollständig verstehen, geschweige denn betreten konnte. (Cleo meint, daß er sich dieser Gefühle wohl nicht ganz bewußt gewesen sein dürfte.) Dann gehen die beiden Freunde nach England. Leon verliebt sich in eine wundersame und höchst exotische Person aus London. Nur ist sie für Leon überhaupt nicht exotisch. Sie scheinen jeder so sehr ein Teil der Welt des anderen zu sein, wie ihre Eltern es sind; und doch ist es Leon, sein Freund aus dem Gymnasium und aus der Universität. Deshalb ist er nicht nur eifersüchtig, weil Leon nicht mehr ausschließlich ihm gehört; er spürt wiederum direkt vor sich eine Wand, die ihn von dieser anderen Welt trennt, auch wenn Leon und Claudel beide sicherlich überrascht und bestürzt gewesen wären, wenn sie in derartigen Begriffen daran gedacht hätten.

An keiner Stelle im Journal kommt Steinmanns Gefühl der Entfremdung ergreifender und leidvoller zum Ausdruck als bei dem Vorfall, den Cleo und ich die ‹Namensepisode› tauften. Sie ereignete sich, als Claudel zum erstenmal Leon in einer Hebräischrunde beim ‹Babel› besiegte. Claudel stellte Leon ihre Frage und warf, als sie merkte, daß sie den Treffer zum Sieg erzielt hatte, Steinmann ein schnelles Lächeln zu und sagte: ‹Theo, schau mal her!› – ‹Ich konnte Dich beinahe denken hören›, schrieb Steinmann im Journal an Leon. Aber offenbar vergeblich. Nach einer Weile warf Oppenheimer theatralisch die Arme in die Luft und sagte, zu Steinmann gewandt: ‹Sie hat mich besiegt!› Dann wandte er sich der strahlenden Claudel zu und sagte sanft, indem er den hebräischen Diminutiv verwendete: ‹Meine Racheli.› Steinmann, der damals schwieg und sich mit dem Spielstand beschäftigte, schrieb elf Jahre später im Journal: ‹Für mich war sie nur Claudel.›

Und das bringt mich zur letzten und offensichtlichsten Erklärung von allen. Wie ich schon erwähnt habe, war auch ich über die augenscheinliche Leichtigkeit erstaunt, mit der Oppenheimers Eltern ihre Zustimmung erteilten. ‹Es war wie eine im 18. Jahrhundert zwischen dem Adel zweier verschiedener Länder arrangierte Heirat›, sagte ich während einer unserer Diskussionen über das Journal zu Cleo, wobei meine Stimme (höhnisch?) gereizt klang. Cleo war still und verblüffte mich dann mit ihrer Reaktion: ‹So war es. Genau so. Außer daß sie sich liebten.› Und dann fügte sie mit ruhiger, klarer Stimme ohne jeden sentimentalen Unterton hinzu: ‹Und Theodor Steinmann verliebte sich auch in sie. Aber er hatte keine Chance. Rachel da Silva hatte ihn gern, sogar sehr; aber das verschärfte nur seine Demütigung. Er wußte – und das hat ihm sicher unbewußt weh getan –, daß es ihr niemals in den Sinn gekommen wäre, ihn als Rivalen Leon Oppenheimers zu sehen, als jemanden, der sogar dafür in Betracht gekommen wäre, ihr Leben zu teilen.› In diesem Augenblick durchlebte ich Steinmanns Leid.

10

Claudel lud Steinmann und Leon ein, das jüdische Passahfest mit ihrer Familie in ihrem Haus in London zu feiern. Da ich schon in Bremen und Oxford gewesen war, wollte ich auch den Schauplatz der einen übrig gebliebenen Eintragung im Journal aufsuchen. Cleo und ich beschlossen, im Frühsommer in England Urlaub zu machen. Wir erwarteten nicht, durch den Besuch viel zu erfahren, aber zumindest wollten wir versuchen, das Haus der Familie da Silva und die Handelsbank ausfindig zu machen. Was das Passahfest betraf, so hatten wir noch nie an einer jüdischen Zeremonie teilgenommen, und unsere Kenntnisse in diesen Dingen beruhten auf einer beiläufigen Szene in einem Hollywoodfilm. Deshalb war es schwierig, dem Journal hinsichtlich jener beeindruckenden Nacht in seinen Feinheiten zu folgen. Dann hatte ich wieder einen meiner großartigen Einfälle: Ich würde selbst an einer Passahzeremonie teilnehmen; wie ließen sich die Feinheiten dieses Rituals besser verstehen? Auf diese Weise wurde Frankfurt zur unerfreulichen Zwischenstation auf unserer Reise nach London.

In P. gab es keinen Rabbi und keine Synagoge, und wir wußten von keinen jüdischen Menschen in der Stadt. (Gab es in P. keine Juden, fragte ich mich, oder wußten wir einfach nichts von ihnen?) Aber ich hatte etwas über ein neues jüdisches Zentrum in Frankfurt gelesen, den Ableger einer weltweiten chassidischen Organisation mit Hauptsitz in New York. In der *FAZ* gab es sogar ein Bild ihres amerikanischen Führers. Während meiner neun Monate an der Columbia-Universität hatte ich viele jener sonderbaren Leute gesehen, die in einen langen schwarzen Kaftan gekleidet waren. Ich rief das Zentrum an und sprach mit einem Rabbi P.... Er klang am Telephon sehr bereitwillig. Obwohl er eine Mischung aus Jiddisch, Deutsch und – mit starkem Akzent – Englisch sprach, schafften wir es, uns zu verständigen. ‹Sie möchten zu unserem *Seyder* kommen? Natürlich, natürlich›, sagte er immer wieder, als er schließlich meinen Wunsch verstand. ‹Es ist eine große *Mitzve*, eine große *Mitzve*.› Ich war zu gehemmt, um ihn zu fragen, was eine *Mitzve* sei. Ich hätte es tun sollen. (Es handelt sich, wie ich heute weiß, um ein Gebot des jüdischen Rechts, das den heiligt, der es befolgt.) Wir kamen überein, daß ich ihn einige Wochen vor dem Festtag aufsuchen sollte, wann es mir gerade paßte. ‹Wir brauchen uns nicht zu verabreden›, sagte er, ‹ich bin immer da.› – ‹Kommen Sie zum *Schabbes*›, fügte er hinzu (ich erriet – zutreffend –, daß mit *Schabbes* der Sabbat gemeint war), und, ohne auf eine Antwort zu warten, fragte er dann: ‹Sind Sie verheiratet?› Über meine Antwort erfreut (‹Gut, gut, das ist eine große *Mitzve*›), fuhr er fort: ‹Haben Sie *Kinderlach*?› – ‹Tz, tz, es ist eine große *Mitzve*, *Kinderlach* zu haben›, äußerte er diesmal. Rabbi P... und seine *Mitzven* gefielen mir. Seine Stimme klang warm, und sein Entgegenkommen war aufrichtig. Cleo lachte gutmütig, als ich sie einlud, mich auf der Fahrt nach Frankfurt zu begleiten. ‹Du und dein Rabbi›, sagte sie. Aber sie fand auch, daß es ein guter Einfall sei.

Das ‹Zentrum› in Frankfurt erwies sich als ein baufälliges Haus, das dringend einen Anstrich gebraucht hätte. Der kleine Vorgarten war verwahrlost, und die Gardinen waren schmutzig. Die Tür stand halb offen, und die Klingel funktionierte nicht. Ich betrat einen dunklen und staubigen Hausflur. Eindeutig *porco*, dachte ich, hielt dann plötzlich inne und fühlte, wie in mir die Scham aufstieg. Zumindest war die Metapher schlecht gewählt, ‹unpassend›. Im oberen Stockwerk konnte ich die Stimmen spielender Kinder hören. Rabbi P... muß über dem ‹Zentrum› gewohnt haben. Ein kleiner dunkler Flur führte zum Büro. Ich hörte, wie Rabbi P... mit lauter Stimme auf Jiddisch ein angeregtes Telephongespräch führte. Ich wartete bis zum Ende des Gesprächs, klopfte an und wurde aufgefordert einzutreten. Es war ein stickiges kleines Büro, vollgestopft mit einer großen Menge von Büchern und Papieren, die alle verfügbaren Flächen bedeckten.

Der Rabbi war ungefähr so, wie ich ihn mir vorgestellt hatte: in den Fünfzigern, klein, ziemlich dick und ganz rot im Gesicht mit einem ungepflegten grauen Bart. Wie ich nicht umhin konnte zu bemerken, wies sein weiter, abgetragener Kaftan auf der Vorderseite Essensflecke auf. Sein jüdisches Käppchen – schwarz und gleichfalls abgetragen – war so groß, daß es beinahe den ganzen Kopf bedeckte. Er machte eine freundliche Miene. Strahlend bot er mir, ob Sie es glauben oder nicht (es war vormittags um elf!), ein Gläschen Wodka an. ‹Willkommen, willkommen›, sagte er, während er den Drink in zwei kleine Plastikbecher goß, ohne auf meine Antwort zu warten. (Ich trank das warme Zeug und dachte dabei, es könnte sich um ein jüdisches Ritual handeln. Ich weiß immer noch nicht, ob es das nun ist.) ‹Ja, ja›, sagte er einfach so, als er mir kräftig die Hand schüttelte, und dann ‹nein, nein›, was bedeutete, daß ich ihn nicht an den Zweck meines Besuches erinnern müsse. ‹Nun, Sie möchten zu unserem *Seyder* kommen!› – ‹Natürlich, natürlich, willkommen, willkommen, es ist eine große *Mitzve*, eine große *Mitzve*.› – ‹Wo liegt P.?› fragte er. Ohne auf eine Antwort zu warten, fügte er hinzu: ‹Warum haben Sie ihre Frau nicht mitgebracht? Zum *Schabbes* sollten Sie mit ihr zusammen kommen.› Ich beschloß, lieber die erste Frage zu beantworten als die zweite, aber das war nicht leicht, weil Rabbi P... vom Land nur sehr vage Vorstellungen hatte und offensichtlich nur an einem Aspekt des Lebens in Deutschland interessiert war: ‹Ich habe gar nicht gewußt, daß es in diesem P. *Yidlach* gibt›, kommentierte er, als ich die Geographiestunde beendet hatte. ‹Soweit ich weiß, gibt es auch keine›, gab ich zur Antwort.

Die Wahrheit, die sowohl einfach als auch kompliziert war, dämmerte uns beiden gleichzeitig. Bis zu diesem Augenblick war es mir nie in den Sinn gekommen, daß man mich entweder aufgrund meines Namens oder aufgrund meines Aussehens irrtümlich für einen Juden hätte halten können. Aber natürlich hätte man das. Mein biblischer Namensvetter spielt sowohl im Alten als auch im Neuen Testament eine Hauptrolle, und mein Familienname ist ziemlich alltäglich und unauffällig. Und was das Aussehen betrifft? Nun ja, es umfaßt alle Typen. Denken Sie nur an Oppenheimer. Ich fühlte mich höchst peinlich berührt. Rabbi P... drehte sich um, hob von einem der Stapel auf dem Fußboden ein Blatt Papier auf und gab es mir, ohne ein Wort zu sagen. Es war ein Informationsblatt, das – von einer anderen Organisation verfaßt – für ‹Deutsche, die sich für den Judaismus interessieren› bestimmt war und auf dem Telephonnummern standen. Rabbi P... interessierte sich offensichtlich nicht für ‹Deutsche, die sich für den Judaismus interessieren›. Er war weder verärgert noch peinlich berührt. Es war ihm gleichgültig. ‹Ich existierte für ihn überhaupt nicht mehr›, berichtete ich Cleo an jenem Abend. ‹Ich war für ihn Luft geworden. Er kehrte an seinen Schreibtisch zurück, telephonierte und fing ein anderes lautes Gespräch auf Jiddisch an. Er gab sich nicht einmal damit ab, mich zum Gehen aufzufordern, und als ich schließlich hinausging, schenkte er mir keine Aufmerksamkeit.›

Bis zur Abfahrt meines Zuges hatte ich noch etwas Zeit und benutzte trotz meines inneren Aufruhrs ein öffentliches Telephon am Bahnhof, um eine der Nummern auf dem Informationsblatt anzurufen. Das Gespräch verlief kurz und gleichermaßen katastrophal. Diesmal machte ich dem Mann, der am Telephon war, klar, daß ich ein Deutscher (‹Ich will damit sagen, ich bin keine jüdische Person.›) sei, der den Wunsch habe, an einem Seder teilzunehmen.

‹Ach, Sie interessieren sich für Wiedergutmachung›, lautete seine langsame und bedächtige Antwort, die er mit stark österreichischem Akzent aussprach. ‹Ja, wir können Ihnen helfen.› Ich murmelte schnell eine Höflichkeitsfloskel, daß mein Zug abfahren würde, versprach, wieder anzurufen, und beendete das Gespräch.

Während der Zugfahrt zurück nachhause und in den folgenden Wochen fühlte ich mich in einem erstickenden Gewirr widersprüchlicher Gefühle gefangen. Natürlich fühlte ich mich durch das, was geschehen war, verärgert, angewidert und gedemütigt. Zunächst richtete sich meine Wut gegen Rabbi P... . ‹Man kann Menschen nicht auf diese Weise behandeln›, sagte ich zu mir, ‹auf gar keinen Fall.› – ‹Wofür halten sie sich eigentlich?›, kochte ich vor Zorn, als ich die in der Zurückweisung liegende Erniedrigung noch einmal durchlebte. ‹Sie glauben wohl, sie hätten eine moralische Versicherung abgeschlossen.› Da man in solchen Situationen besonders anfällig ist, wurde ich auch von einem schweren Anfall von Treppenwitz heimgesucht und hörte nicht auf, darüber zu phantasieren, was ich Rabbi P... hätte antworten können und sollen. Aber dann fühlte ich, wie sich Zorn und Abscheu gegen mich selbst wandten, weil ich jene Gedanken hegte. ‹Dies war keine gewöhnliche Begegnung›, sagte ich mir reumütig. ‹Kann ich es einem jüdischen Rabbi in Deutschland verübeln, wenn er mit uns nichts mehr zu tun haben will?› Diese Reue brachte mich ihrerseits in Wut: ‹Warum entschuldige ich›, so fragte ich mich, ‹ein Verhalten, das nach allen Maßstäben einfach inakzeptabel war?› Aber dann schlug meine Stimmung wieder um, als ich bestürzt die gedankenlose Natürlichkeit wahrnahm, mit der meine Gefühle über Rabbi P... sich verschoben und zu einer allgemeinen Stellungnahme über *sie alle* wurden. Ich war darüber verärgert, mich in einen emotionalen Konflikt verstrickt zu finden, der so leicht vorherzusehen, so banal und so deprimierend unabwendbar war. Warum konnte ich nicht gleichgültig sein und mich lachend darüber hinwegsetzen? Auch dieser Unmut hatte etwas Bedrückendes, und so ging es weiter wie eine Wassermühle von Escher.

Was den ‹Österreicher› betraf, so wurde er zu meinem geistigen Prügelknaben. ‹Wie können gerade *sie* es wagen, *uns* Vorträge über Wiedergutmachung zu halten›, schäumte ich. In diesem Fall hatte ich bei der Bezugnahme auf *sie* überhaupt keine Gewissensbisse. ‹Ich wette, der Kerl unterstützt Waldheims Wahlkampagne›, dachte ich alles andere als intelligent, aber mit befriedigender Bosheit. ‹Der Kerl› hätte auch Jude sein können und war es wahrscheinlich sogar. Aber damals bestand ich darauf, ihn mir als einen Weltverbesserer aus Wien vorzustellen, und konnte mich auf diese Weise ganz jenem verstohlenen und doch erlesenen Gefühl der Verachtung hingeben, das wir den Österreichern vorbehalten – welche die meisten unserer Laster, aber so gut wie keine unserer Tugenden teilen. So angenehm diese Übertragung der Verachtung auch war, verschaffte sie dem frustrierenden Kreislauf meiner eigenen Gefühle doch nur vorübergehend Aufschub. Ich verfiel in eine nervöse Depression, die wochenlang anhielt. Gedanken über die Begegnung blieben mir im Sinn, und ich entwickelte die Angewohnheit, langsam auf eine zerstreute Art den Kopf zu schütteln und laut Satzfetzen wie: ‹Luft, genau wie Luft› oder: ‹verwerflich, es ist verwerflich› zu murmeln.

Cleo machte dieser Angewohnheit ein Ende und riß mich aus meiner Depression. Als ich aus Frankfurt zurückkam, brachte sie meiner Geschichte Verständnis entgegen, lehnte es aber zu meinem Ärger ab, sich an meinem Groll zu beteiligen. An einem Punkt reagierte sie auf mein endloses Schwadronieren und sagte: ‹Du hast recht, es ist verwerflich; aber dein Selbstmitleid ist es auch.› Als sie bemerkte, wie verletzt ich war, fügte sie auf ihre nüchterne Art hinzu: ‹Wenn das schon die ganze Bürde ist, die wir im Augenblick zu tragen haben, sind wir wohl wirklich ganz gut weggekommen.› Ihre Worte waren wie ein Skalpell: einschneidend und schmerzhaft, aber am Ende heilend. Bei anderer Gelegenheit ließ sie einen ‹echten Cleo› vom Stapel. Es war an einem Sonntagmorgen, wir frühstückten gerade im Bett. Ich war immer noch ganz von dem Vorfall in Anspruch genommen und murmelte an jenem Morgen mit resignierender Frustration: ‹Wie konnte nur so ein Fehler passieren?› Sie erfaßte intuitiv, worauf ich mich bezog, legte mir den Finger auf die Lippen, um mich zum Schweigen zu bringen, und sagte sanft: ‹Ich habe oft darüber nachgedacht. Es wäre merkwürdig, wenn du das auch tätest.› Nach einem Augenblick der Stille gluckste sie dann: ‹Du erzählst es hoffentlich nicht meinen Eltern, daß ich einen von *euch* geheiratet habe?› Ich war mir nicht sicher, ob ich darüber nun lachen sollte.

Mit der Zeit legten sich meine heftigen Gefühle. Als Cleo einige Monate später neben mir im Flugzeug nach England saß, sagte ich ihr, daß mein Zorn vorüber sei. Ich räumte allerdings ein, daß ein schwacher Rest von Groll zurückgeblieben sei. ‹Sehr schwach›, betonte ich abwehrend. Ich sagte Cleo nicht, daß dies Gefühl nach meiner Ansicht wahrscheinlich die beste geistige Einstellung dafür war, die Eintragung über London in Steinmanns Journal noch einmal zu durchleben und zu verstehen.

11

An unserem ersten Tag in London schlug ich im Telephonbuch nach und stellte fest, daß es keine Da-Silva-Handelsbank gab. Ich begann, andere Banken anzurufen. Am schwierigsten war es, über die Empfangsdame hinauszukommen. (‹Wen möchten Sie sprechen, Sir?› Darauf müssen Sie erst einmal eine Antwort finden.) Schließlich fanden wir heraus, daß Da Silva and Sons Ende der vierziger Jahre von einer der großen Geschäftsbanken übernommen worden war. Viel weiter kamen wir nicht. Mehr Glück hatten wir allerdings mit dem Haus. Anders als das Haus der Familie Oppenheimer in Bremen war der Wohnsitz der Familie da Silva in privater Hand geblieben und wurde bei unserem Besuch immer noch von einer Familie als Wohnhaus genutzt. Es lag im Herzen Londons in einer der ruhigen Straßen südlich der Oxford Street. Es war ein Einzelhaus und hatte, was ziemlich überraschend war, noch den recht großen, aber diskret von einer Mauer umschlossenen Rasen und Garten, den Steinmann vor Jahrzehnten zu seiner großen Überraschung entdeckt und außerordentlich bewundert hatte. Seine Eigentümer müssen im Laufe der Zeit vielen verlockenden Angeboten von Bauträgergesellschaften widerstanden haben. Es war ein Haus für die wirklich Reichen. Von außen waren seine Geheimnisse verborgen; seine Schönheit und seine Opulenz enthüllten sich sozusagen nur Insidern. Cleo kam auf die Idee, anzuklopfen und um die Erlaubnis zu einer Besichtigung zu bitten. Sie wollte das Reden übernehmen. Die Tür wurde von einem Diener geöffnet, der kein Wort Englisch sprach. Auch das Englisch seiner Herrin war schlecht, und so fiel ihr nicht auf, daß unseres auch nicht gerade ‹das Wahre› war. Wir vermuten, daß sie Iranerin war. Unser Wunsch schien sie zu verwirren, aber sie fand sich damit ab. Wir hatten nicht den Eindruck, daß sie etwas begriff. Nach meiner Überzeugung hielt sie uns für irgendwelche Beamte. Man ließ uns ein und zeigte uns die Räume im Untergeschoß und den Garten.

Wir sahen das Eßzimmer (ohne den großen ovalen Tisch), in dem der Seder stattgefunden hatte. Wir sahen auch den nach Süden gelegenen, noch immer cremeweiß gestrichenen Salon mit den Glastüren, die sich auf eine mit Ziegeln gepflasterte Terrasse (heute würde man Patio dazu sagen) öffneten, von der Stufen hinab auf den Rasen und die ihn umgebenden blühenden Rabatten führten. In diesen Raum wurde Steinmann geführt, als er am Vorabend des Seder der Familie da Silva im Jahre 1932 spät nachmittags eintraf. Claudel und Leon waren nicht zuhause, und Steinmann wurde von ihren drei Brüdern (die Mutter und der Vater ruhten sich vor der langen Nacht aus) empfangen. Mit seinen verstreuten Sofas, Sitzbänken und Sesseln wirkte der große Raum einladend. Auch einen Konzertflügel gab es. Im Gegensatz zu dem düsteren und förmlichen Eßzimmer war der Salon in hellblauem Samt und mit zartgeblümten Vorhängen dekoriert, und die Bilder an der Wand waren modern. (Zweifellos Claudels Handschrift.) Höchst ‹Englisch› fand Steinmann sowohl den Salon als auch Claudels Brüder, die in gut geschneiderte dreiteilige Straßenanzüge gekleidet waren. Der nahezu lässige Empfang (‹Ach, Steinmann! Nehmen Sie sich etwas zu trinken. Meine Schwester spricht zur Zeit oft von Ihnen.›) war natürlich ganz das Gegenteil – ein Zeichen der Freundschaft und Anerkennung. Man wäre nie darauf gekommen, daß dies ihre erste Begegnung war. Steinmann war nervös und beschloß, einen Whisky zu trinken; zu seiner Überraschung bemerkte er, daß sich auf dem Servierwagen nur Wein und Brandy befanden. ‹Das Passahfest und so, Sie wissen schon›, erwiderte einer der Brüder auf seine Frage. Nach einem Blick auf seine Uhr fügte er hinzu: ‹Sie hätten gerade noch Zeit, gleich um die Ecke einen auf die Schnelle zu trinken; leider kann ich nicht mitkommen. Die Sache kann schon ganz schön lästig sein.› Steinmann entschuldigte sich überschwenglich und trank ein großes Glas Brandy, was seine Unruhe eher noch steigerte.

Dann erlebte er mit, wie Claudel (und Leon) nachhause zurückkehrten. Das ganze Haus erwachte zum Leben. Ich stelle es mir als eine Szene aus *Vom Winde verweht* vor. (‹Gnädige Frau, Fräulein Scarlet ist wieder da.›) Sowohl der Vater als auch die Mutter zeigten sich zu ihrer Begrüßung (und wurden in einem passenden Augenblick auch mit Steinmann bekannt gemacht). Die drei Brüder umringten sie, fragten sie aus, brachten ihr einen Drink (den sie zurückwies); der Vater schloß sie in die Arme, was auch zwei Großmütter, ein Onkel und die Frau eines der Brüder (des Arztes) taten, die alle zum Seder gekommen waren. Claudel, man beachte, war erst am Morgen ausgegangen! ‹Lieber Leon, Du wurdest ganz übersehen›, schrieb Steinmann im Journal. Er fügte indessen hinzu, daß über diesem unbeschwerten Benehmen etwas Drohendes lag. Alle verhielten sich, als ob dies der letzte Seder wäre, den sie mit Claudel feierten.

Ziemlich spät am Abend setzten sie sich zu Tisch, und der ganze Seder dauerte bis weit nach Mitternacht. Ich mußte mich aus Büchern über das Passahfest informieren, was eine unzulängliche Methode war: Über Freundschaft zu lesen, ist nicht ganz dasselbe wie, einen Freund zu haben. Für die Sederzeremonie gibt es ein besonderes Gebetbuch, die Hagada, die ich mir – wie Steinmann es getan hatte – in einer deutsch-hebräischen Version kaufte. Auch erwarb ich ein auf Deutsch verfaßtes Buch über den Judaismus (für ‹Deutsche, die sich für den Judaismus interessieren›), das ein

Kapitel über ihre Feste einschließlich des Passahfests enthielt. Ich kaufte ein ähnliches auf Englisch geschriebenes Buch eines amerikanischen Verlages mit moderneren Ansichten. (‹Für *Juden*, die sich für den Judaismus interessieren?!›, sagte Cleo verwundert, als sie die Einleitung gelesen hatte.) Ich las alle meine neuen Bücher gründlich. Die gesamte Passahzeremonie findet offenbar zuhause statt. Sie ist in drei Abschnitte geteilt. Der erste Teil ähnelt sehr einem unserer Passionsspiele. Die Teilnehmer erzählen, der Hagada folgend, die Geschichte des Auszugs aus Ägypten nach, wobei Textstellen aus der Heiligen Schrift, Kommentare ihrer Rabbis und Lieder eingestreut sind. Der zweite Teil ist ein besonderes Festmahl, bei dem ungesäuertes statt gewöhnliches Brot gegessen wird. Im letzten Teil gibt es ein besonderes Dankgebet und weitere Lieder. Die Zeremonie ist voller Rituale, von denen viele mit Wein und Speise zu tun haben. Die Hagada ist eine Mischung aus einer alten Sage, dem Handbuch eines Geistlichen (mit Anweisungen für die Rituale) und einem Gesangbuch.

Als Außenstehender stieß ich auf eine Ungereimtheit zwischen der Hagada selbst und den Büchern über sie. Die Hagada ist eine ziemlich blutige Angelegenheit. Zunächst wurden die Juden von ihren ägyptischen Sklavenhaltern gepeinigt, was in einem Erlaß Pharaos, des bösen Königs, gipfelte, wonach alle neugeborenen männlichen Juden in den Nil zu werfen seien. Später baten die Juden darum, Ägypten verlassen zu dürfen, was Pharao verweigerte. (Es heißt, daß Gott – der Gott des Alten Testaments, was in dieser Geschichte sehr deutlich sichtbar wird – sein Herz verhärtet hatte.) Dann wurden die Ägypter von einer Vielzahl furchtbarer Plagen getroffen, die darauf angelegt waren, ihren König umzustimmen. Die letzte Plage hatte den erwünschten Effekt. In der verhängnisvollen Nacht ging ein Engel durch das Land Ägypten und tötete alle erstgeborenen Lebewesen, Mensch und Tier (was für ein Engel!). Die Juden hatten ihre Häuser mit einem Zeichen aus dem Blut eines Lamms, dem Passahopfer, markiert. Das war für den Todesengel das Zeichen, ihre Behausungen zu übergehen. Von jener Nacht hat das Fest seinen Namen. In der Hagada finden sich bedrückende Passagen, in denen die Plagen der Ägypter eine nach der anderen aufgezählt werden, während die Teilnehmer des Seder angewiesen werden, bei der Erwähnung einer jeden Plage die Finger in Rotwein zu tauchen. Die Lektüre der Hagada führte dazu, daß ich mich wie ein Voyeur fühlte, ein Zeuge von etwas Faszinierendem und Verbotenem, das nicht für meine Augen bestimmt war. Alles in allem gab es für den vom Glauben abgefallenen Katholiken in mir zuviel Blut und Rotwein.

Die Bücher über den Seder schienen fast eine Entschuldigung für die Hagada zu sein. Ihnen zufolge handelt es sich um ein besonders frohes Ereignis, das die Geburt der Juden als ein freies Volk feiert. Das Passahfest ist vor allem eine Familienangelegenheit, in der Kinder eine aktive und zentrale Rolle übernehmen.

Am Tisch der Familie da Silva gab es keine Kinder, aber Claudel und ihre Brüder benahmen sich eine Zeit lang, als ob sie noch Kinder wären. Mit Gesang, Geschichten und der gemeinsamen Erinnerung feierten sie ihre frühe Geschichte und ihr Zusammenfinden als ein Volk. So wie sie sangen, scherzten und sich mit laut erregter Stimme vergangene Seder ins Gedächtnis zurückriefen (‹Erinnert ihr euch noch an das Jahr, in dem ...›), feierten sie, wie Steinmann bemerkte, auch ihre Kindheit und ihr Zusammenfinden als Familie. An jenem Abend waren alle Streitigkeiten und Kämpfe und aller Zank, wie sie in einer großen Familie unvermeidlich sind, vergessen. Sie aßen bittere Kräuter, bis ihnen die Augen tränten, um der Leiden ihrer Vorfahren vor Tausenden von Jahren zu gedenken, und sie wischten sich eine echte Träne aus dem Auge, als die beiden verstorbenen Großväter erwähnt wurden, die in früheren Jahren zahllose Seder mit ihnen gefeiert hatten. Sich zu erinnern, schien ein Leitmotiv des Passahfestes zu sein, bemerkte Steinmann. Der Wechsel der Stimmung vom Feierlichen und Ernsten zum Vergnügten und Fröhlichen geschah schnell und dramatisch, und so war es auch mit dem Wechsel der Erinnerung an das Volk und an die Familie. Steinmann schrieb 1943: ‹Die Geschichte des Volkes und die der Familie verschmolzen so, daß ich sie nicht auseinander halten konnte.›

Leon fügte sich so ein, als ob er sein ganzes Leben lang den Seder bei der Familie da Silva gefeiert hätte. Man sorgte dafür, daß er sich sehr wichtig fühlte. Er wurde dazu aufgefordert, die bekanntesten Abschnitte der Hagada vorzutragen und ihnen für einige der Lieder neue Melodien beizubringen. Viele der Geschichten aus der Familie waren für Leon bestimmt. Sie nahmen ihn in den Schoß der Familie auf. Sein Gesicht war vor Aufregung gerötet. Alle wandten sich ihm mit besonderer Liebe zu: Dies war der Mann, den ihre Claudel erwählt hatte, und sie zweifelten nie an ihrer Wahl. Durch zahllose kleine Gesten machten sie deutlich, daß Leon dieses überaus kostbaren Preises würdig war.

Claudel sang eine besondere Solopartie, die dem jüngsten Familienmitglied vorbehalten war. Diesmal bekamen die alten Großmütter feuchte Augen; für sie war sie immer noch das kleine Kind. Zur großen Erheiterung aller sang sie so, wie es ein Kind getan hätte. Gegen Ende des Abends sang sie noch eine andere Solopartie, das betörende Rezitativ einer langen Hymne, die den Glauben der Juden an die Symbole ihrer Religion und an ihren Gott beteuerte. Sie streckte die Arme aus und umfaßte auf jeder Seite einen der Brüder. ‹Eins! Wer weiß es? Zwei! Wer weiß es?›, sang die Familie. Als ihre Solopartie kam, wandte sie sich jedem der anderen zwölf Teilnehmer zu, als ob sie für ihn persönlich singen würde: ‹Eins! Ich weiß es›, sang sie in der tiefen Stille, die sich auf den Raum herabsenkte, indem sie sich zuerst Leon und am Schluß ihrer Mutter zuwandte, ‹eins ist unser Gott im Himmel und auf Erden.› – ‹Sie hatte eine ausgebildete Stimme!›, schrieb Steinmann. ‹Sie hatte eine zarte und sehr reine Altstimme, und sie sang mühelos.› Und dann bekannte er mit einem untypisch aus ihm hervorbrechenden Ausdruck: ‹Ihr Gesang erfüllte den Raum und meine Seele.› Claudel zwinkerte ihm zu, als sie das Erstaunen auf seinem Gesicht bemerkte. Dann flüsterte sie ihm über den Tisch zu: ‹Hat Leon dir das nicht erzählt? Er behauptet, daß er sich gerade aus diesem Grund in mich verliebt hat.›

Es ist mir gelungen, wie in einem jener Rätsel (Wem gehört das Zebra?) die Sitzordnung um den großen Tisch zu rekonstruieren. Claudels Vater saß am Kopf des Tisches und ihre Mutter am anderen Ende. Es war indessen Claudel, die in der Mitte mit dem Rücken zur Wand und mit Blick auf die Fenster zwischen ihren Brüdern saß, die der tatsächliche Mittelpunkt der Versammlung war. Leon saß Claudel gegenüber, neben ihm Steinmann und zu ihren Seiten die Großmütter. Während des Abends amüsierte Mrs da Silvas Mutter Steinmann (‹Mr Theo›) mit Geschichten über Metternichs Begräbnis, an das sie deutliche Erinnerungen hatte. Auf den übrigen Plätzen saßen der Onkel, eine Tante und die Frau des Arztes (die Namen waren nicht genannt).

Steinmann wurde höflich und mit Herzlichkeit behandelt. Hier und da hielten sie inne, um ihm etwas zu erklären, und wenn sie ihn auch nicht darum baten, etwas vorzutragen – der förmliche Teil der Zeremonie spielte sich auf Hebräisch ab – bemühten sie sich, ihn einzubeziehen. Hat es ihm gefallen? Ich bin davon überzeugt. Zweifellos fand er die Speisen köstlich. (‹Bis zum Ende des zeremoniellen Teils war ich sehr hungrig geworden, aber es hatte sich gelohnt, auf das Essen zu warten.›) Und die allgemeine Fröhlichkeit des Abends überging ihn nicht. ‹Es ging überhaupt nicht «Englisch» zu›, lautete eine seiner Bemerkungen. Er fand das Passahfest fesselnd und reizvoll und fühlte sich Leon und Claudel nahe. Aber andere in seinem Bericht erwähnte wichtige Augenblicke, die fragwürdiger und mehrdeutig waren, prägten – da bin ich mir sicher – seine bleibende Erinnerung an diese Nacht.

Der erste Vorfall mag belanglos erscheinen. Unmittelbar nachdem sie für den Seder Platz genommen hatten, erhob sich die ganze Familie, um sich mit Wasser aus einem besonderen Krug in der Küche rituell die Hände zu waschen. Kurz vor der Mahlzeit erhoben sie sich dann wieder zu diesem Ritual. ‹Aber wir haben es doch schon einmal getan?›, bemerkte Steinmann. Der Onkel murmelte eine Erklärung und sagte ohne böse Absicht (wie Steinmann schrieb): ‹Aber Sie brauchen sich natürlich nicht noch einmal zu waschen.› Es muß ein peinlicher Augenblick gewesen sein, und Steinmann war sich nicht sicher, was zu tun wäre. Claudel ging um den Tisch herum, faßte ihn beim Arm und sagte: ‹Aber natürlich kommt Theo mit uns zum Händewaschen, Onkel.›

Die Wichtigkeit der anderen Vorfälle steht außer Zweifel. Zu einem frühen Zeitpunkt wird im ‹Passions›-Teil des Seder zu einer sanften und wohlklingenden Melodie ein kurzes Gebet gesungen und immer noch einmal wiederholt. Steinmann erinnerte sich an die ersten beiden Wörter auf Hebräisch – *Vehe Sheamda*. Er schrieb darüber mit unendlicher Traurigkeit. Ich fand es ohne Schwierigkeiten in der Hagada. So lautet die Übersetzung:

> *Nicht einer allein hat sich gegen uns erhoben, sondern in jeder Generation gibt es jene, die sich gegen uns erheben, um uns zu vernichten, aber der Heilige, gelobt sei ER, rettet uns aus ihrer Hand.*

Als der Gesang erstarb und die letzten Worte ungewiß in der Luft hingen, trat ein Schweigen ein, das jeden der Feiernden seinen eigenen geheimen Gedanken überließ. Dann wurde zum ersten und einzigen Mal während des Abends unmittelbar auf die Verhältnisse in Deutschland Bezug genommen und zwar von Claudels Mutter. ‹Herr Steinmann›, sagte sie ein kleines bißchen förmlich, ‹müssen wir uns Sorgen machen, wenn wir unsere Rachel in Ihr Land schicken?› – ‹Mutter!›, protestierte Claudel von ihrem Sitz aus in einem zugleich drohenden und aufgebrachten Ton. ‹Bitte nicht während des Seder!› Aber Herr da Silva wandte sich ihr zu und sagte ruhig: ‹Ich würde auch gern Herrn Steinmann dazu hören.› Offensichtlich war das Thema schon vorher angeschnitten worden, wobei es recht heftig zugegangen sein muß. ‹Ich bin mir sicher, daß ihr kein Leid geschehen wird, Frau da Silva›, antwortete Steinmann. ‹Das ist nur eine Phase, die vorübergeht. Das siehst du doch auch so, Leon?› Oppenheimer nickte. ‹Können Sie mir das versprechen?›, drängte Frau da Silva hartnäckig. Steinman lächelte: ‹Diese Zusicherung fällt mir leicht; ich verspreche es.›

Steinmann erinnerte sich an ein anderes Gebet. Er nannte es ‹Der Fluch›, und auch hier hatte ich keine Mühe, es zu finden.

> *Gieße deinen Zorn über die Völker aus, die dich nicht kennen und über die Königreiche, die deinen Namen nicht anrufen; denn sie haben Jakob verschlungen und seine schöne Behausung verwüstet. Gieße deine Wut über sie aus, und dein grimmiger Unwille treffe sie. Verfolge sie im Zorn und vernichte sie unter dem Himmel des Ewigen.*

Diese furchteinflößenden und schrecklichen Worte müssen ein zentraler Teil der Zeremonie sein. Sie wurden von allen Gästen mit lauter Stimme, gemeinsam und sehr bewußt vorgetragen. Als sie fertig waren, senkte sich Stille auf den Tisch herab. Oppenheimer, der den ganzen Abend hindurch die Übersetzung in Steinmanns Hagada durch eigene Kommentare ergänzt hatte, sagte nichts mehr. Wie Geschworene, die den Angeklagten schuldig gesprochen haben, sah keiner Steinmann direkt an. Wieder löste Claudel die Spannung. Sie lächelte und sagte leise auf Deutsch: ‹Hab' keine Angst, Theo. Wir werden dich nicht verleugnen. Du bist bei uns sicher.› Und dann fügte sie mit lauterer Stimme – diesmal auf

Englisch – hinzu, wobei in ihr Lächeln plötzlich ein Lachen hineinplatzte: ‹Jedenfalls haben wir dir unser Geheimnis enthüllt. Jetzt weißt du, wie du deinen Türeingang markieren mußt. Alles, was du brauchst, ist ein Lamm, und auch du wirst übergangen werden. Das wirst du wohl nicht vergessen?› Steinmann nickte lebhaft mit dem Kopf, alle anderen stimmten in Claudels Gelächter ein, und die Spannung ging vorüber.

Steinmann beschloß seine Erinnerungen an jenen Abend und sogar sein Journal, indem er die Erinnerung an das letzte Lied des jüdischen Seder, mit dem die Hagada endet, wachrief.

‹Ihr habt ein Lied über ein Zicklein, ein Kitz gesungen›, schrieb er. ‹Ihr alle, mit Freude und Hoffnung und Gelächter. Und ihr habt einander versprochen, im nächsten Jahr gemeinsam in einem Neuen Jerusalem zu feiern.› Die allerletzten Worte waren im Journal die einzigen, die sich nicht an seinen ermordeten Freund und Gefährten richteten. Er schrieb *urbi et orbi*: ‹Waren sie wirklich dem wahren Thema des Liedes gegenüber blind, eines Liedes über Tod, Zerstörung und das Abschlachten der Unschuldigen?›

Das Lied heißt *Chad Gadya*. Auch dies Lied wird immer wieder gesungen, wobei jedesmal ein Vers hinzugefügt wird. So lautet am Ende der Text:

Dann kam der Heilige, gelobt sei ER, und erschlug den Todesengel, der den Schlächter tötete, der den Ochsen schlachtete, der das Wasser trank, das das Feuer löschte, das den Stock verbrannte, der den Hund erschlug, der die Katze biß, die das Zicklein fraß, das mein Vater für zwei Zuzim gekauft hatte.

12

Im Journal fand sich nur wenig darüber, was nach jenem Passahfest geschehen war. Leon und Claudel heirateten im Sommer, obwohl Steinmann nachhause zurückkehren mußte, um sich mit den Vorbereitungen auf seine neue Tätigkeit zu befassen. Es war ihm gelungen, an der Fakultät in P. einen Habilitationsvater und eine Assistentenstelle zu finden. Tonfall und Stil zeigten deutlich, daß Steinmann, als er 1943 das Journal schrieb, annahm, daß seine Freunde tot seien. Es fanden sich jedoch keine Einzelheiten über die Jahre vor dem Krieg und auch nicht über ihr genaues Schicksal während des Krieges.

Ich wußte, daß wir Steinmann noch einmal besuchen mußten. Aber ich fühlte mich dazu noch nicht ganz bereit. Jene Vorkriegsjahre interessierten mich. Ich wollte wissen, wie es gewesen war, damals Professor an der Fakultät zu sein. Es war sinnlos, sich an jemanden aus Steinmanns Generation zu wenden. Sie haßten es, über jene Zeit zu sprechen (‹jene Zeit› waren *ihre* Worte), und trotz unserer Faszination haßten wir es, sie danach zu fragen (immerhin waren sie unsere Eltern). Also wandte ich mich der tröstlichen Nüchternheit und Unpersönlichkeit des geschriebenen Wortes zu.

Aus den Akten der Universität ergaben sich einige fehlende Einzelheiten. Steinmann habilitierte sich 1936 und wurde beinahe sofort als Professor an die Universität D. berufen. Nach drei Jahren kehrte er nach P. zurück und erhielt den Lehrstuhl, den er bis zu seiner vorzeitigen Emeritierung innehatte. Aus gesundheitlichen

Gründen war er vom Kriegsdienst befreit und verbrachte den ganzen Krieg in P. Diese Einzelheiten stellten meine Neugier noch nicht zufrieden. Deshalb verfiel ich darauf, Steinmanns gesamte Veröffentlichungen aus jener Zeit zu lesen. Aber mein Vorhaben weitete sich bald aus. Ich beschloß, den gesamten Bestand unserer juristischen Literatur zu lesen, der in den zwölf Jahren entstanden war. Dies war keine so gewaltige Aufgabe, wie es Ihnen erscheinen mag. Die akademische Welt der Juristen war zu jener Zeit viel überschaubarer, und es wurde viel weniger veröffentlicht. Dennoch benötigte ich dafür zwei volle Semester. Vieles von dem, was ich las, fand ich abstoßend. Aber auch wenn es widersinnig klingt, war es doch der befriedigendste Abschnitt meiner beruflichen Laufbahn. Es war die einzige Zeit, in der ich mich wirklich wie ein Professor fühlte und nicht wie ein akademischer Spezialist oder, schlimmer noch, wie ein leitender akademischer Angestellter.

Mein Leben hatte zu jener Zeit eine gewisse mönchische Qualität. Meine täglichen Übungen fingen schon an, bevor ich aus dem Haus ging. Ich verwandte jeden Morgen große Sorgfalt darauf, die belegten Brote für den Mittagsimbiß zuzubereiten. Von einem eckigen Brotlaib schnitt ich exakt bemessene Scheiben ab, die ich mit einer dünnen Schicht Mayonnaise, einer sauber geschnittenen Scheibe Salami oder Schinken, Senf und frischen Tomatenscheiben belegte. Dann schnitt ich die belegten Brote diagonal durch und wickelte jedes Dreieck in Butterbrotpapier ein. Plastiktüten zu verwenden, lehnte ich mehr aus ästhetischen als aus ökologischen Gründen ab. Im Sommer wie im Winter nahm ich eine Thermoskanne voll heißer Suppe mit. Ich packte alles in die alte Tasche, in der ich früher meine Schulbrote mitgenommen hatte.

Ich legte meine Lehrveranstaltungen auf den frühen Morgen und ging anschließend in mein Büro. Ich verließ das Büro jeden Tag um halb zwölf, nachdem ich Briefe beantwortet, Studenten und Besucher empfangen hatte und dergleichen. Meine Sekretärin und meine Assistenten waren angewiesen, allen Anrufern mitzuteilen, daß sie mich in der Bibliothek des juristischen Seminars finden könnten. Dies war ein wirksamerer Weg, Ruhe zu finden, als die Tür abzuschließen und den Telephonstecker aus der Steckdose zu ziehen. Die Studenten waren zu schüchtern, um mich bei der Arbeit zu stören (und waren sowieso sprachlos, einen richtigen Professor in der allgemeinen Bibliothek arbeiten zu sehen) und die Kollegen konnten den Verlust an Würde nicht ertragen, den es mit sich gebracht hätte, herumzulaufen, um nach mir zu suchen. Ganz sicher brach ich eins der großen Tabus des Berufsstands der juristischen Professoren: Ich verbrachte meine Zeit tatsächlich in der Bibliothek, statt mir von einem Assistenten Bücher und Aufsätze bringen zu lassen (oder, besser noch, sie für mich lesen oder, Gott behüte, schreiben zu lassen). Doch wer hätte sich über jemanden beklagen können, der den akademischen Idealen so hervorragend entsprach?

Es war eine Zeit des inneren Friedens und der äußeren Ruhe. Ich verbrachte fünf Tage in der Woche in der Bibliothek und las vom Vormittag bis zum frühen Abend. Ich tat es mit einer Art religiöser Hingabe. Ich hielt mich an einen sehr starren Stundenplan. Ich erreichte die Bibliothek um viertel vor zwölf und setzte mich immer an denselben Ecktisch. Trotz des Platzmangels hatte ich den Tisch für mich: die Studenten machten um ihn einen Bogen. Um eins legte ich mein Lesezeichen aus Leder in das Buch oder den Aufsatz, in dem ich gerade las – was immer es war –, und schloß den Band langsam. Dann nahm ich die Tasche mit meinem Mittagessen und bewegte mich in den Vorraum zu ‹meinem› Fenster. Ich aß langsam und beobachtete dabei das Getümmel der Studenten auf dem Platz unterhalb der Bibliothek.

Dann kehrte ich an meinen festen Arbeitsplatz zurück und las an der Stelle weiter, an der ich die Lektüre unterbrochen hatte. Es war kein Lesen, wie wir es in unserem Beruf normalerweise betreiben – mit dem Ziel, etwas zu schreiben. Ich machte mir keine Notizen. Ich zog keine Schlußfolgerungen. Trotzdem war es eine entschiedene und gründliche Lektüre. Es ist mir später nie gelungen, jene heitere Gelassenheit des Studierens um seiner selbst willen wieder zu erleben.

Abends berichtete ich Cleo, was ich während des Tages gelesen hatte. Sie war schon immer eine gute Zuhörerin gewesen. Ich brauchte weder viel zu erklären noch viel zu reden. Durch ihre kaum merklichen Reaktionen, kleinen Zwischenfragen, sparsamen Gesten und einen schmerzlichen Blick ihrer Augen wußte ich, daß sie verstand, wie entsetzlich das alles war.

Ein Teil der Literatur war offenkundig jenseits der Grenzen des Akzeptablen. Ich las ihn mit der kalten Distanz des forensischen Pathologen: Aufsatz um Aufsatz strebte danach, der neuen Ordnung eine juristische Grundlage zu geben. Den stärksten Schock löste die Entdeckung aus, wieviele dieser Autoren angesehene Mitglieder unserer Fakultäten waren, Lehrer und Kollegen. Noch bedrückender war es sogar, die zahlreichen Aufsätze zu lesen, die sich mit Eifer den vom neuen Regime erlassenen Gesetzen zuwandten, auf sie den Begriffsapparat des professionellen Juristen anwendeten, ihre Bedeutung klärten, ihren systematischen Zusammenhang herausarbeiteten und die vom Gesetzgeber gelassenen Lücken ausfüllten. ‹Unterfiel das Eigentum eines Kindes aus der ersten Ehe einer Arierin, die später einen Juden heiratete, der das Kind adoptierte, den neuen Gesetzen über jüdisches Eigentum?› – ‹Welche Rechtsstellung hatten Konvertiten? War die Regelung über jüdische Konvertiten zum Christentum entsprechend auf Arier anzuwenden, die zum Judentum konvertiert waren?› Diese schwerwiegenden Probleme und viele andere der gleichen Art wurden häufig von den intelligenten und doch gedankenlosen Federn der klügsten Köpfe einer brillanten und höchst subtilen Analyse unterzogen. Aber die schlimmsten Tage waren für mich zumindest am Anfang die, an denen alles, was ich las, vom Grauen der Epoche weit entfernt war: Fragen des Vertrags- und Deliktsrechts, des Wertpapierrechts und des strafrechtlichen Schuldbegriffs. Einige der 1942 geschriebenen Aufsätze hätten ebensogut 1932 oder 1952 geschrieben sein können.

Diese Konfrontation mit dem Normalen, dem Banalen, dem Gewöhnlichen und dem Abgedroschenen war die eigentliche Quelle meines Verständnisses jener Zeit, und aus ihr gingen die klarsten Bilder der Welt hervor, in der Steinmann und seine Kollegen gelebt hatten. Es war eine Welt des Talents und der Mittelmäßigkeit, des Ehrgeizes und des Engagements von Gelehrten, die in der Rechtswissenschaft Fortschritte und Karriere machten; so ist es immer gewesen, und so wird es immer bleiben. Ich habe diese Einsicht auf profunde Weise erlangt, da ich mit zunehmender Bestürzung bemerkte, daß sie aus meiner während jenes Jahres gewonnenen eigenen Erfahrung stammte. Ich war wie ein Verurteilter aus Kafkas ‹Strafkolonie›, der durch Schmerz und Leiden zu Erleuchtung und Einverständnis gelangt. Ich versuchte dagegen anzugehen, daß ich durch meine tägliche Routine allmählich zu innerem Frieden und Heiterkeit fand und daß die Schärfe meiner Reaktionen auf das, was ich las, abstumpfte. Es war wie der Kampf gegen die unwiderstehliche Kraft eines Betäubungsmittels kurz vor Eintritt seiner Wirkung. Dennoch gewann ich einen einzigartigen Einblick in Steinmanns Existenz zu jener Zeit. Ich sann darüber nach, ob Cleo das gemeint hatte, als sie mich fragte, ob ich wohl der Sache gewachsen sei?

In der Bibliothek war ich nicht völlig auf mich allein gestellt. Ich gewann eine schweigende Mitstreiterin. Es war sehr leicht, die meisten Bücher und Zeitschriften aus jener Zeit zu finden. Aber mein Interesse galt gleichermaßen den Dissertationen, Habilitationsschriften und unveröffentlichten Manuskripten. Diese waren über verschiedene Bibliotheken verstreut, von denen einige sogar in der DDR lagen. Das meiste konnte über das akribisch betriebene, wenn auch langsame System der Fernleihe beschafft werden. Aber ich war auf die Zusammenarbeit mit unserer Bibliothek und ihrem Personal angewiesen. Es gab viel Schriftverkehr zu erledigen. Eine persönliche Bitte von einem Bibliothekar zum anderen konnte die Dinge sehr beschleunigen, auch wenn sie nicht ganz den Vorschriften entsprach. Bald stieß ich auf ein anderes Problem. Einige Dissertationen standen nicht in den Regalen. Stattdessen fand der Benutzer einen Holzklotz, wie er üblicherweise für Bücher verwendet wird, die zur Buchbinderei geschickt worden sind. In diesen Fällen war es allerdings nicht die Buchbinderei, sondern das Universitätsarchiv, das die Dokumente ‹zur sicheren Verwahrung› hatte. Als mir dies zum erstenmal begegnete, wandte ich mich an den stellvertretenden Leiter der Bibliothek und bat um Hilfe. Seine Haltung war nicht feindselig. Sie bestand aus einer Art gleichgültigem Formalismus, der in der Verwaltung ebenso verbreitet ist wie die allgemeine Kälte. Natürlich konnte er die offizielle Bitte eines Professors der Fakultät nicht zurückweisen, eines Professors, der sogar persönlich in der Bibliothek arbeitete. Aber als er erfuhr, worüber ich forschte, teilte er mir mit, daß er sich zwar nach Kräften bemühen werde; ich hätte aber sicher dafür Verständnis, daß meine Bitte nicht mit höchster Priorität behandelt werden könne, weil sie nicht in Verbindung mit einem laufenden Seminar stehe. Ich wartete drei Wochen darauf, daß die erste Dissertation aus dem Archiv kam. Es war eine Monographie über *Probleme des Erbrechts unter gemischtrassigen Ehegatten*. Sie war ohne Gehässigkeit oder offen rassistische Gefühle abgefaßt worden. Auch das Vokabular war nicht zu beanstanden. Der Verfasser war Mitglied der Partei gewesen, aber wenn die Mitgliedschaft allein ein ausreichender Grund dafür gewesen wäre, jemandem die fachliche Befähigung abzusprechen, hätte es nach dem Krieg keine nennenswerte juristische Professorenschaft gegeben. (Dieser Mann starb vor kurzem nach einer herausragenden Karriere auf dem Gebiet des Familienrechts. An der Festschrift zu seinem siebzigsten Geburtstag beteiligten sich alle einheimischen Professoren des Familienrechts sowie drei aus Österreich. Cleo fand das so erschreckend, daß sie mich darum bat, die Festschrift mit nachhause zu bringen und laut vorzulesen, was sie ‹die Schandliste› nannte.)

Ich reichte eine Liste mit 37 ‹archivierten Bänden› und über hundert normalen Fernleiheanforderungen ein. Aber ich wußte, daß eine Anforderung bei einer anderen Universität noch mehr Zeit in Anspruch nehmen würde, als bis zum Eintreffen des ersten archivierten Bandes verstrichen war. Der stellvertretende Bibliotheksleiter schrieb mir auf einem Zettel, daß es ‹zu seinem Bedauern nicht anders gehe, als jeweils nur eine Anforderung auf einmal weiterzuleiten›. Ich hätte Krach schlagen können und mich damit durchgesetzt, aber ich wollte nicht in einen Skandal verwickelt werden. Es wäre zu kompliziert gewesen, die Angelegenheit zu erklären.

Machtlosigkeit bringt indessen auch eine kleine Entschädigung mit sich: Leute haben Mitleid. Ich hatte die Hilfskraft des Bibliothekars, die in denselbem Büro an einem Ecktisch saß, kaum bemerkt. Diese Hilfskraft hielt sich wirklich im Hintergrund. Sie verschmolz beinahe mit den Büchern und sprach sogar in ihrem Büro in einem halben Flüsterton, wie ihn jemand verwendet, der schon immer das Ritual des Schweigens in einer Bibliothek praktiziert hat. Ich hatte sie einige dutzendmal im Lesesaal gesehen und sie doch niemals richtig wahrgenommen. Bald nach meiner enttäuschenden Erkundigung bei ihrem Vorgesetzten beobachtete ich, wie sie sich in meiner Nähe aufhielt, erhob mich schließlich und trat zu ihr. Sie war zierlich und hatte glattes schwarzes Haar, ein kleines Gesicht und kleine Hände. Ihre Lippen waren schmal, und sie hatte eine zähe stille Härte und Aufsässigkeit an sich. Man findet dies nicht selten bei Leuten, die das Leben zu einer Stellung verurteilt hat, die unterhalb ihrer wirklichen Fähigkeiten liegt. Ohne mich anzusehen, sagte sie nur: ‹Darf ich bitte ihre Liste sehen?› Sie musterte langsam die vier maschinengeschriebenen Seiten. Ich wartete geduldig. Als sie zum Ende kam, lag auf ihrem Gesicht die Andeutung eines Lächelns. Dann stellte sie, immer noch ohne mich anzusehen, sachlich fest: ‹Auf Ihrem Tisch fehlen Bleistift und Papier.› Ich war mir nicht sicher, wie ich darauf reagieren sollte, und sagte schließlich beinahe entschuldigend: ‹Nun ja, ich bin hier, um zu lesen.› – ‹Interessante Lektüre›, sagte sie und blickte auf. Ich kann mich nicht einmal an die Farbe ihrer Augen erinnern. Das Lächeln oder vielmehr seine Andeutung war verschwunden, und sie hatte etwas Ernstes und Offizielles an sich, als sie sagte: ‹Darf ich bitte diese Liste für ein oder zwei Tage haben.› Aber in ihrer Bitte lag auch ein Hauch von Komplizenschaft, die Einladung zu einer Verschwörung. Drei Tage später fand ich die Liste sauber gefaltet in einem Briefumschlag auf meinem Tisch. Dabei lagen drei ‹archivierte Bände› aus unserer eigenen Bibliothek. Und dann trafen nach und nach auch die Bände aus anderen Bibliotheken ein, manchmal einzeln und gelegentlich zwei oder drei auf einmal.

Nach zwei oder drei Monaten dieser schweigenden Zusammenarbeit lud ich sie zum Mittagessen ein. Ich hatte vor, mit meiner Gewohnheit zu brechen und sie in ein nahegelegenes Restaurant einzuladen. Sie war einverstanden, sagte aber: ‹Morgen.› Am nächsten Tag nahm ich kein Lunchpaket mit, verließ um ein Uhr meinen Tisch und trat aus dem Lesesaal hinaus, um auf sie zu warten. Sie saß schon an ‹meinem› Fenster und hatte eine braune Papiertüte vor sich. Als sie mich mit leeren Händen näherkommen sah, mußten wir beide lachen. Es war das einzige Mal, daß ich sie lachen sah. Es endete damit, daß wir uns ihren Mittagsimbiß am Fenster teilten und dann hinausgingen, um einen Kaffee zu trinken. Danach trafen wir uns einmal in der Woche zum Mittagessen. Wir redeten wenig, aber es gefiel uns, zusammen zu sein. Langsam arbeitete ich mich durch die Liste. Als viele Monate später der letzte Band eintraf, fand ich auf meinem Tisch neben dem Buch eine winzige Rose in einer kleinen Kristallvase. Sie arbeitet nicht mehr in der Bibliothek. Als in den achtziger Jahren die Stellenkürzungen kamen, wurde sie als erste entlassen. Das sah ihnen ähnlich. Ich hoffe, daß sie einen besseren Arbeitsplatz gefunden hat, und zwar einen, an dem sie sich so wohl fühlen kann, daß sie öfter lacht.

13

Ich hob mir Steinmanns Werk aus jener Zeit bis zuletzt auf. Ich hoffte immer noch, in jenen Arbeiten etwas Entlastendes zu finden, einen Protest oder die Verteidigung liberaler Werte. Als ich anfing zu lesen, empfand ich eher Trauer als Enttäuschung. Die Arbeiten hatten nichts Leidenschaftliches an sich. Seine Art des Umgangs mit dem neuen Regime bestand darin, eine Habilitationsschrift über das italienische öffentliche Recht zu verfassen, und, kaum daß er Professor geworden war, sich unvermittelt von der Verfassungstheorie als seinem Forschungsgebiet abzuwenden und sich mit der Verfassungsgeschichte zu beschäftigen, wobei er den Schwerpunkt auf die Zeit vor und nach der Reichsgründung legte. Sie werden mit einigen seiner Bücher vertraut sein. Aber die oft an versteckten Stellen veröffentlichten Aufsätze boten noch mehr an Gedankenfülle und Scharfsinn, die in einer umfangreicheren Abhandlung fast immer verloren gehen. Hier wurde der wirkliche Glanz seines Geistes erkennbar. Sein Werk war in jeder Hinsicht bewundernswert. In jenen Arbeiten war seine Sprache von einer Kunstfertigkeit, die damals ebenso selten war, wie sie es heute ist. Sein Werk zeigte die Reife und Weisheit eines alten Mannes, war aber mit dem Schwung und der Atemlosigkeit des jungen Mannes geschrieben, der er damals war (jünger, als ich es heute bin).

Obwohl er davor zurückscheute, sich offen mit aktuellen politischen Themen zu befassen, fand sich in jenen Aufsätzen etwas unerklärlich Beunruhigendes und sogar Subversives. Allmählich veränderte sich meine Einschätzung dieser Arbeiten. Ihre beunruhigende Qualität konnte nicht auf den materiellen Gehalt seiner Gelehrsamkeit zurückgeführt werden. Es fanden sich keine augenfälligen geschichtlichen Parallelen, keine offenkundige politische Botschaft. Und doch waren seine Arbeiten auch nicht völlig neutral. Ich erkannte diese Qualität der Arbeiten, nachdem wir an einem Wochenende in Straßburg eine Ausstellung der – von Cleo und mir gleichermaßen geliebten – französischen Impressionisten besucht hatten. Es war das erstemal, daß wir jene besonderen Gemälde in ihrer ursprünglichen und unnachahmlichen Leuchtkraft sahen. Tief bewegt, sprachen wir auf dem Heimweg kaum ein Wort und genossen die stille Freude der gemeinsamen Inspiration. Als wir unsere Wohnung betraten, nahm Cleo, noch bevor sie den Mantel auszog, ganz ruhig die in unserem Flur hängende Reproduktion eines der gerade gesehenen Werke von der Wand, faltete sie zusammen und steckte sie beinahe feierlich in der Küche in den Abfalleimer. Wir sahen uns an und grinsten, so wie man es tut, wenn man mittags miteinander ins Bett gegangen ist. Später aßen wir wie üblich zu Abend. Inzwischen war der Zauber verflogen, und wir unterhielten uns über die Ausstellung. Und dann sagte ich: ‹Steinmanns Werk ist wie diese Originale.› Cleo sah mich erstaunt an. ‹In seiner Methode, seinem Stil und seiner Mischung aus Ernst und Skepsis›, belehrte ich sie, ‹Steinmanns Werk beschämt die Veröffentlichungen seiner Zeitgenossen. Ihr Werk setzte nicht nur die ethischen Maßstäbe aufs Spiel, sondern zerstörte auch die kritische Ausdrucksweise und den skeptischen Geist der wahren Gelehrsamkeit.› Cleo hörte mir kommentarlos zu. Damals widmete ich ihrem Schweigen nur geringe Aufmerksamkeit. Es beunruhigte mich nicht. Es war nicht ihr Fachgebiet.

Als ich eines Tages in Steinmanns alten Veröffentlichungen las, machte ich eine unerwartete Entdeckung. Ich bemerkte in einem ziemlich versteckten Aufsatz, der 1943 in einer schweizerischen

Zeitschrift veröffentlicht worden war und den Titel *Abgabenähnliche Maßnahmen in der Frühzeit des Zollvereins* trug, eine Widmung: ‹Für L. O.› Ich konnte es gar nicht fassen. Ich war im höchsten Maße erregt. Es kam mir fast so vor, als ob Steinmann das Regime öffentlich verurteilt hätte. Begeistert zeigte ich Cleo den Aufsatz. Er war das Zeichen, auf das ich gewartet hatte, ohne es zu wissen. ‹Wir müssen Steinmann besuchen›, sagte ich. Es schien so furchtbar wichtig zu sein. Diesmal war ich es, der anrief und darum bat, noch am selben Abend einen Besuch machen zu dürfen. Ich nahm den Aufsatz mit. Cleo schloß sich mir an, ruhig und beherrscht. Sie freute sich, Steinmann wiederzusehen, aber abgesehen von der herzlichen Begrüßung und einem erregten Einwurf, sprach sie den ganzen Abend kein Wort. Ich war damals zu aufgeregt, um davon groß Notiz zu nehmen. Sogar heute bin ich mir nicht ganz sicher, wie ihr Schweigen zu verstehen war.

Es war Januar, und bis wir Steinmanns Haus erreichten, war die Dunkelheit hereingebrochen, und ein Sturm braute sich zusammen. Diesmal gab es kein Gebäck oder kleine belegte Brote, nur schwarzen Kaffee und später einen Cognac. Steinmann ließ im Kamin ein Feuer brennen. Der Abend fing erfreulich an. Ich berichtete ihm von meinem Besuch in Oxford. Er war überrascht. Ich erzählte ihm von dem Porträtphoto aus Oxford. Er wollte nicht, daß wir für ihn eine Reproduktion anfertigen ließen, wollte nicht einmal einen Blick darauf werfen. Obwohl Cleo diese Reaktion vorausgesagt hatte, war ich überrascht. Er suchte dann sein Photo aus Calais heraus und brachte mich dazu, es zu nehmen. Ich sprach dann mit ihm über London und das Haus. ‹Ach, Sie sind also hineingelassen worden›, war sein Kommentar. Als ich ihm von der Handelsbank berichtete, nickte er zum Zeichen, daß er sich wieder daran erinnerte, mit dem Kopf. Ich sah Cleo an, und wir waren schweigend einer Meinung. Auch Steinmann mußte die Pilgerfahrt unternommen haben. Tatsächlich war er schon Anfang der sechziger Jahre gereist. Damals war es noch leichter gewesen, Menschen zu finden, die tatsächlich noch in der alten Bank gearbeitet hatten, und auf diese Weise war es ihm möglich gewesen, Informationen über die Familie einzuholen. Er erzählte uns, was er herausgefunden hatte. Einer von Claudels Brüdern war in der Schlacht von El-Alamein gefallen, und ihr Vater war kurz nach dem Krieg gestorben, zweifellos vor Kummer. Der Verlust zweier Kinder erwies sich sogar damals, als der Tod so alltäglich war, als vernichtend. Seine Frau überlebte ihn nicht lange, und nach ihrem Tod wurde die Bank verkauft. Von den beiden verbliebenen Brüdern starb der Älteste, der nie geheiratet hatte, gegen Ende der fünfziger Jahre. Der überlebende Bruder, der Arzt, der inzwischen ein alter Mann sein mußte, war nach Brighton gezogen und lebte bei der Familie seines einzigen Sohnes. Ich fragte Steinmann, ob er jemals den Versuch unternommen habe, diesen Bruder zu treffen. Er schüttelte den Kopf. Dann sagte er: ‹Würde er mich überhaupt wiedersehen wollen?› – ‹Aber Herr Steinmann›, sagte Cleo sehr nachdrücklich voller Schmerz und Verwunderung, ‹natürlich würde er das!› Steinmann sah sie nicht an. ‹Vielleicht›, antwortete er langsam, ‹aber jetzt ist es zu spät.›

Wir beschäftigten uns mit dem Kaffee. Dann fragte ich Steinmann, was geschehen war, als er und später Oppenheimer und seine Frau (das waren meine Worte: ‹Oppenheimer und seine Frau›) nach Deutschland zurückkehrten. Er war auf diese Frage vorbereitet. Er hielt inne, und ich konnte sehen, wie sich seine Stimmung veränderte, als er in die Vergangenheit und in sein Inneres blickte. Dann begann er zu sprechen; langsam, trocken, mühsam und ohne Selbstmitleid.

Die beiden Freunde hatten sich in P. beworben, um ihre Habilitationsschriften anzufertigen und Assistenten an der Fakultät zu werden. Sie bewarben sich nicht um dieselben Stellen. Oppenheimer hatte die Absicht, auf dem Gebiet der Rechtsphilosophie zu arbeiten, Steinmann auf dem des öffentlichen Rechts. Ihre ausgezeichneten akademischen Leistungen garantierten praktisch die Anstellung. Sie freuten sich schon darauf, nach dem Jahr im Ausland wieder zuhause und nach der Zeit der Trennung wieder zusammen zu sein. Leon und Claudel hatten Steinmann eingeladen, zusammen mit ihnen zu leben. Er befand, daß es angenehm sei, sich nahe zu sein, aber auch wieder nicht ganz so nahe. Er mietete für sie in P. eine Wohnung und nahm sich selbst ein Zimmer in demselben Gebäude. Er schrieb ihnen einen Brief über P., über die Wohnung, über den großen Baum im Garten, der hinauf bis an ihr Küchenfenster reichte, und darüber, wie es war, wieder in der Heimat zu leben. Aber Leon und Claudel kamen nie nach P.

Steinmanns Einstellungsgespräch fand im September statt. (Oppenheimers war für November vorgesehen.) Es ging ohne Schwierigkeiten vonstatten. Sein Habilitationsvater war über seine Dissertation erfreut und glücklich, ihn annehmen zu können. Daß er eine Assistentenstelle erhielt, ergab sich automatisch. Dann wurde er gebeten, an einer Versammlung aller Lehrer des öffentlichen Rechts teilzunehmen, natürlich nur passiv. Auf jener Versammlung wandte sich einer der Professoren an ihn und sagte: ‹Der Fakultät liegt auch die Bewerbung eines Leon Oppenheimer vor. Er hat in Berlin und Oxford studiert. Sie müßten ihn kennen?› Es war eine feindselige Frage, und Steinmann nickte unverbindlich. ‹Er ist Jude?› war die nächste Frage. Steinmann unterdrückte sein Erschrecken und bemühte sich vergeblich, den anderen Professoren in die Augen zu sehen. Dann sagte er, daß Oppenheimer wohl Jude sei. (Der Bericht kam ins Stocken, als Steinmann an diesen Punkt gelangt war.) ‹Das haben wir uns auch schon gedacht›, sagte derselbe Professor, ‹aber es ist immer gut, wenn man sich sicher sein kann. Schließlich möchte man keinen Fehler machen.› – ‹Sie sind doch nicht etwa selber Jude?› fragte er dann. Es war vollkommen still im Raum, als Steinmann zur Antwort den Kopf schüttelte.

Oppenheimers Einstellungsgespräch wurde einige Wochen später abgesagt. Eine Begründung wurde nicht gegeben, aber Oppenheimer erriet den Grund und schrieb Steinmann einen Brief, ‹voller Neid, verzweifelt und resigniert›. Claudel und Leon ließen sich in Bremen nieder. Leon begrub seine akademischen Ambitionen und trat vorübergehend in eine Anwaltspraxis ein. 1933 verlor Oppenheimers Vater seine Stelle am Krankenhaus und zog mit seiner Familie nach Berlin. Der Vater nahm eine Stelle am Jüdischen Krankenhaus an, und der Sohn, der keinen juristischen Beruf ausüben durfte, arbeitete für eine jüdische Organisation. Ohne es zu beabsichtigen, sahen sich die beiden Freunde immer weniger, vor allem, nachdem Steinmanns Familie nach Stuttgart gezogen war und seine Besuche im Norden selten wurden. Auch ihr Briefwechsel schlief zusehends ein. Die beiden Freunde verloren sich aus den Augen. Im Mai 1939 erhielt Steinmann einen Brief von Claudel. Er war an Herrn Professor Dr. Theodor Steinmann adressiert. Sie bat darum, ihn in seinem Büro besuchen zu dürfen. Leon war wegen angeblicher politischer Betätigung verhaftet worden. Sie bat Steinmann um Hilfe, damit er wieder freikäme und das Land mit seiner Familie verlassen könnte. Geld würde keine Rolle spielen, sagte sie. (An dieser Stelle wurde der Bericht wiederum unterbrochen.) Steinmann antwortete, daß er für Leon nichts tun könne, drängte sie aber, nach England zurückzukehren. Ihre ursprüngliche britische Staatsangehörigkeit würde sich als nützlich erweisen. Sie dankte ihm für den Rat. Er sah die beiden nie wieder.

Um eine solche Geschichte zu verarbeiten, braucht man Zeit, die ich an diesem Abend nicht hatte. Ich hatte viele Fragen im Kopf. Ich wollte ihm zum Beispiel weitere Fragen zur Auflösung ihrer Freundschaft stellen. Aber jede Bemerkung hätte nach meinem Empfinden einen Mißklang in die besondere Atmosphäre gebracht, die im Zimmer herrschte. Später fand ich heraus, daß ihr Auseinanderdriften typisch war, ein ziemlich gängiges Muster, praktisch die Regel in den deutsch-jüdischen Freundschaften jener Zeit. Ich stand auf und trat ans Fenster. Ich schaute in die Dunkelheit. Ich sah große starke Bäume, die im Sturm schwankten und sich bogen. Dann hörte ich Gläser klirren. Steinmann schenkte den Cognac ein. Dankbar nahm ich ein Glas. Cleo lehnte ab. Sie saß mit untergeschlagenen Beinen und verschränkten Armen auf einem Lehnstuhl und sah uns beide an. Es war Cleos ‹Blick›, von ihr sehr selten gebraucht, aber in jenem Augenblick rein und unverwässert. In ihrem auf uns gerichteten Blick lag kein Vorwurf, kein Zorn, keine Feindseligkeit, keine Enttäuschung und kein Haß. Ich wünschte, es wäre anders gewesen. Vorwürfe, Zorn und all das sind bedingt durch Erwartungen, durch Bindungen, ein Interesse, durch Übereinstimmung. Den Kopf geneigt, schweigend und ruhig beobachtete sie uns fast abwesend wie von außen. Für jenen kurzen Augenblick gab es sie und mich, sie und uns. Nicht einmal, als sich unsere Augen den Bruchteil einer Sekunde lang trafen, gab es eine Bestätigung: zwei Fremde in der U-Bahn. In diesem Fall ergab sich eine besondere Wirkung auf mich: Unter Cleos ‹Blick› empfand ich eine echte Nähe zu Steinmann, verstand ihn intuitiv, versetzte mich in ihn hinein und fühlte mich ihm verbunden. Schließlich ließ der ‹Blick› nach, und Cleo und ich wurden wieder ‹wir›, obwohl ich manchmal finde, daß es mir niemals ganz gelungen ist, die winzigen Partikel der Entfremdung abzuschütteln, die sich an jenem Abend auf uns legten.

Ich hatte den schweizerischen Aufsatz bei mir und holte ihn hervor. ‹Also den haben Sie auch gefunden›, sagte Steinmann. Ich nickte mit dem Kopf, erzählte ihm aber nichts von dem umfangreichen Lektüreprojekt, das ich gerade abgeschlossen hatte. Ich berichtete ihm, wie aufgeregt ich gewesen sei, als ich die Widmung entdeckt hatte. Ich kann mich nicht mehr an meine genauen Worte erinnern. Ich bin mir sicher, daß ich sie vergessen wollte, weil Steinmanns Reaktion nicht so ausfiel, wie ich es erhofft hatte.

‹Mut?› sagte er fragend und reagierte damit wohl auf ein Wort, das ich verwendet hatte. Seine Stimme klang hart und kompromißlos. Er erzählte eine weitere kleine Geschichte aus dem Krieg. Der Zeitpunkt war nicht klar, aber sie muß sich gegen Ende des Jahres 1943 ereignet haben. Ich bin mir nahezu sicher, daß es gerade dieser Vorfall war, der ihn veranlaßt hat, das Journal zu schreiben. Steinmann erhielt in seinem Büro den Besuch eines Vertreters der Militärbehörden. Ihm wurde ein Einberufungsbefehl zugestellt, der ihn für die Dauer einer Woche für ‹Sonderaufgaben› verpflichtete. Er sollte in seiner Eigenschaft als Experte für öffentliches Recht eine Delegation des Roten Kreuzes auf einer Inspektion des Lagers S. in den Ostgebieten begleiten.

Nur keine Aufregung. Sie sind nicht im Begriff, eine Beschreibung von Leichen oder Gaskammern oder Krematorien zu lesen. Sie werden auch nicht lesen, daß Steinmann Leon oder Claudel begegnet. Er hatte uns schon berichtet, daß er nach 1939 keinen von beiden mehr gesehen hat. (Jetzt ist auch der Zeitpunkt gekommen, um zu sagen, daß beide während des Krieges umgekommen sind – nur für den Fall, daß Sie auf einen anderen Ausgang gehofft haben. Das Leben hält sich in diesem Bericht an die Klischees. In ihrer Lage war das Klischee der Tod.) Steinmann gab sich alle Mühe, seine Ansicht über den Mut, seinen Mut, deutlich zu machen, und er machte es kurz und brutal.

Das Lager S. war weder ein Todeslager noch ein Arbeitslager. Es war ein Durchgangslager für Zwangsarbeiter auf dem Weg nach Deutschland. Die Insassen kamen dort an und wurden nach einem Zeitraum, in dem sie registriert, inspiziert und sortiert wurden, entsprechend ihren Fähigkeiten und nach Bedarf entweder in geeignete Produktionseinrichtungen oder in die Todeslager weitergeschickt (allerdings wußte Steinmann das damals nicht). Er kam am Tage vor der Inspektion durch das Rote Kreuz an. Er war der einzige Mensch im ganzen Lager, der keine Uniform trug.

Der Kommandant und seine Adjudanten führten ihn herum. ‹Später erfuhr ich, daß es schlimmere Lager gab, viel schlimmere. Aber was ich in S. sah, war erschreckend.› Er berichtete uns von einer dichtgedrängten Menge, die aus Tausenden von Gefangenen bestand. Sie waren ausgehungert, und man sah es ihnen an. Die Zustände waren nach allen Maßstäben inakzeptabel. Die einzigen Gefangenen, die leidlich aussahen, waren diejenigen, die als ständiges Personal gehalten wurden und Küchen, Wäschereien und ähnliches betrieben. Steinmann sagte dem Kommandanten, daß der Zustand der Gefangenen ‹nach den Maßstäben des Roten Kreuzes› nicht akzeptabel sei. Der Kommandant lachte nur und sagte, daß das Rote Kreuz davon niemals erfahren werde. ‹Jetzt passen Sie mal gut auf›, sagte er. Einer der Offiziere blies auf einer Pfeife. Innerhalb von Sekunden waren die verängstigten Gefangenen nicht mehr zu sehen und lagen auf ihren Schlafplätzen in den langen Baracken. Es herrschte Totenstille. Das Lager schien verlassen zu sein. Die Besucher vom Roten Kreuz würde man zu den Quartieren des ständigen Personals führen. Anschließend würden sie als Beispiel für die Verpflegung der Gefangenen ein reichliches Mahl erhalten. (‹Unsere Helden, die an der Front gegen die bolschewistischen Tiere kämpfen, erhalten kein so gutes Essen!› sagte man ihnen während des Besuchs am nächsten Tag.) Über die anderen Gebäude im Lager würde man sagen, daß sie leer seien und die Ankunft neuer Insassen bevorstehe. Steinmanns Aufgabe bestand nur darin, anwesend zu sein. Ein Professor des öffentlichen Rechts machte sich gut. Am nächsten Tag traf das Rote Kreuz ein. Der Plan gelang. ‹Warum sollte man mir gegenüber also von Mut sprechen?› fragte Steinmann.

Das Schweigen lastete diesmal noch schwerer auf uns, und Steinmanns Stimmung war noch trüber, als er fortfuhr, über seine Erinnerungen nachzusinnen. Ich bin mir sicher, daß Tausende aus seiner Generation kleine Geschichten wie diese erzählen könnten, wenn sie sich damit abgeben würden. Steinmann litt unter seinem Gedächtnis, und er tat mir sehr leid. Ich hatte vorgehabt, ihn nach den Gründen für seine frühe Emeritierung zu fragen. Aber es war mir klar, daß dies dafür der falsche Augenblick gewesen wäre. Ich würde es auf andere Weise herausfinden müssen. Nach kurzer Zeit erhob sich Cleo und sagte, daß sie nach Hause fahren möchte. Steinmann riß sich aus seinen Träumereien und entschuldigte sich bei Cleo. Er war bestürzt, sie betrübt zu haben, und ich war bestürzt, ihn in diesem Zustand zu verlassen. Schweigend fuhren wir durch den Sturm nachhause.

14

Es ist an der Zeit, von der dritten Photographie zu berichten, auf der Claudel abgebildet ist.

Während der Monate, die auf unseren zweiten Besuch bei Steinmann folgten, war ich von dem dringenden Verlangen besessen, so viel wie möglich darüber herauszufinden, welches Schicksal Leon und Claudel während des Krieges erlitten hatten. Ich entwickelte mich zu einem kleinen Experten für die Archive und amtlichen Register über den Zweiten Weltkrieg. Es war leicht, die Spuren der Oppenheimers bis zu ihrem ersten Halt zu verfolgen – Theresienstadt, dem Lager für ‹Prominente›. Es war die Art Lager, in die man Leute mit ihrem Hintergrund zu schicken pflegte. Die ganze Familie blieb beisammen. Die Insassen, überwiegend deutsche Juden, hatten das Leben im Lager gut organisiert, und es gibt über die meisten Häftlinge sehr genaue Aufzeichnungen. Oppenheimers Vater, der Arzt, arbeitete unter entsetzlichen Bedingungen und wurde so etwas wie eine Legende. Er hielt es nicht lange aus und starb dort. Vielleicht war es für ihn ein glücklicher Umstand, Folter und Vergasung in den Todeslagern entgangen zu sein, in welche die meisten Häftlinge am Ende gebracht wurden. Seine Frau starb kurz darauf. In einem der Berichte findet sich hinter ihrem Namen eine merkwürdige Eintragung, die mich davon überzeugte, daß sie Gift nahm oder auf andere Weise Selbstmord beging.

Leon Oppenheimer war nicht nur wegen seiner Rasse, sondern auch aufgrund tatsächlicher oder angeblicher politischer Betätigung inhaftiert. In Theresienstadt leitete er ein wöchentliches Seminar über deutsche Rechtsgeschichte, das – den Berichten zufolge – 38 Hörer hatte. Er wurde schon bald in ein Lager namens Birkenau verlegt, wo er gleich nach seiner Ankunft ermordet wurde. Dies wurde mir von dem für die Entschädigung von Opfern des Regimes zuständigen Bundesamt bestätigt. Ich war nicht der erste, der um genaue Auskunft über Oppenheimer gebeten hatte. Ganz vorn in der Akte fand sich eine Anfrage, die gegen Ende der vierziger Jahre vom Bankhaus Da Silva and Sons in London eingereicht worden war und alle verfügbaren Auskünfte über das Schicksal der Familie Oppenheimer erbat. Das Bundesamt war damals noch nicht errichtet worden, aber schließlich gelangte das Schreiben dorthin; mit einigen Jahren Verspätung wurde ein Antwortschreiben abgesandt, das Auskunft über den Tod Professor Oppenheimers, seiner Frau und seines Sohnes gab und das Verfahren erläuterte, in dem Entschädigungsansprüche geltend gemacht werden könnten. Die Akte enthält ein nüchternes Schreiben, das im Auftrag der Familie da Silva von den Rechtsanwälten Mason und Bennett unterzeichnet war, das Angebot von Entschädigungsleistungen ablehnte, aber dringend alle Informationen erbat, die insbesondere über Mrs Leon Oppenheimer vorlägen. Das Bundesamt antwortete mit einem Schreiben, das nur aus einem Absatz bestand und mitteilte, daß es kein Dokument gebe, aus dem ihr Schicksal hervorgehe.

In der Akte folgten mehrere Schreiben des Britischen Oberkommandos und eine eigenhändige Verfügung unseres ersten Innenministers, der anordnete, auf Bitten der Regierung Ihrer Majestät eine Sonderuntersuchung durchzuführen. Da Silva hatte offensichtlich alle Register gezogen. Aber selbst diese Intervention von höchster Stelle führte zu keinem Ergebnis. Ich bat die britische Botschaft in Bonn, mir den Vorgang herauszusuchen. Die Reaktion darauf war außerordentlich höflich, aber man erklärte mir, daß man für solche Recherchen kein Personal habe. Ich bestand aber darauf und wies auf die frühere Intervention der britischen Regierung hin; als dies keinen Eindruck machte, wurde ich ziemlich grob. Daraufhin wurde ich mit der gleichen phlegmatischen Höflichkeit darüber aufgeklärt, daß es sich bei der damaligen Intervention um ein Versehen gehandelt haben müsse. Nach dem seinerzeit geltenden englischem Recht habe Mrs Leon Oppenheimer durch die Eheschließung mit einem deutschen Staatsangehörigen ihre britische Staatsangehörigkeit verloren. ‹Sie gelangte unter den Schutz der deutschen Hoheitsgewalt›, belehrte mich einer der Konsularbeamten.

Außerdem gab es in der Akte noch eine schriftliche Anfrage vom Mai 1955 von einer Bank aus der Schweiz, bei der ein Guthaben auf den Namen der Familie Oppenheimer bestand und die auf der Suche nach den gesetzlichen Erben war. Die schweizerische Bank hatte genau so wenig Erfolg wie wir.

Aus den Akten von Theresienstadt ergab sich, daß Claudel bis 1944 in diesem Lager geblieben war, aber es gab keinen Hinweis darauf, wohin sie danach verlegt worden sein könnte. Ich war nahe daran aufzugeben. Cleo, die immer über die Schweizer spottet – man muß es gehört haben, wie sie die Schweizer Mundart nachahmt –, schlug vor, es mit der Bank zu versuchen.

Ich reiste nach Zürich und bat um einen Gesprächstermin. Ein höflicher Bankangestellter hörte sich meine Bitte an und bestand dann darauf, daß ich sie schriftlich vorbrachte. Dies geschah. Nachdem ich in Zürich (einer Stadt, in der es anscheinend nur Banken und Juweliergeschäfte gibt) zwei langweilige Tage verbracht hatte, wurde ich von demselben Angestellten empfangen. Zuerst verhielt er sich sehr ausweichend und erklärte mehrmals, daß ‹die Bank mit Auskünften über die Konten ihrer Kunden nicht vorsichtig genug sein könne›. Als ich in der typischen Art eines Juristen feststellte: ‹Sie geben also zu, daß bei Ihnen ein Konto auf den Namen Oppenheimer geführt wird›, wurde er unruhig. Er gewann jedoch schnell seinen höflichen Tonfall zurück und stellte fest: ‹Die Bank kann die Existenz eines Kontos weder bestätigen noch bestreiten.› Plötzlich ging mir auf, was ihn beunruhigte. Ich ließ den offiziellen Tonfall beiseite und sagte ruhig und schlicht: ‹Wie Sie wissen, bin ich nicht an dem Konto interessiert. Ich bin kein Verwandter, ich bin nicht einmal jüdischer Abstammung. Aber ich muß herausbekommen, was aus Frau Rachel Oppenheimer geworden ist. Ich hoffe sehr, daß Sie über Informationen verfügen.› Der Bankangestellte war in meinem Alter. Er sah mich an, ließ auch den offiziellen Tonfall beiseite und sagte: ‹Ja, das leuchtet mir ein.› Dann nahm er – es war kaum zu glauben – ein Schriftstück aus der Akte, händigte es mir aus, schloß die Akte wieder, grüßte und verließ den Raum.

Ich fürchte, daß Sie ebenso enttäuscht sein werden, wie ich es war. Es war ein interner Vermerk der Bank, der in einer Zeile feststellte: ‹Keine Erben ausfindig gemacht. Als Treuhandkonto mit 0,5 % fortführen, bis begründeter Rechtsanspruch geltend gemacht wird.› Ich war deprimiert. Während der Heimreise versuchte ich auszurechnen, wieviel Geld die schweizerischen Banken wohl mit Einlagen verdient hatten, die ihren toten Inhabern den sagenhaften Zinssatz von einem halben Prozent einbrachten. Als Cleo von der Geschichte erfuhr, wurde sie wütend und ließ ihrer Abneigung gegenüber den Schweizern freien Lauf.

Zuletzt versuchten wir, unser Ziel über die schattenhafte Welt der Überlebendenorganisationen zu erreichen. Sie haben sicher schon vom Wiesenthal-Zentrum in Wien gehört. Aber es gibt noch Dutzende andere Einrichtungen. Zu einigen bin ich hingefahren, und vielen anderen habe ich geschrieben. Als ich abschlägige Antworten bekam, gab ich die Suche auf. Dann erhielt ich eines Tages eine Postkarte von *Yad Vashem* in Jerusalem, einer israelischen Organisation, die das zentrale Archiv über die Opfer aus der

Zeit des Weltkriegs führt. Viele ihrer Berichte beruhen offensichtlich auf mündlichen Zeugenaussagen von Überlebenden. Auf der Karte stand in Maschinenschrift auf Englisch nur: ‹Oppenheimer, Rachel, geb. da Silva, Maidanek, mutmaßlich tot, 1944.› Jemand hatte in deutscher Handschrift, der zierlichen und exakten Handschrift eines alten Menschen, hinzugefügt: ‹Leider ist das alles, was ich herausfinden konnte.› Eine Unterschrift gab es nicht, nur den Anfangsbuchstaben L. Unten auf der Karte standen, von derselben Hand geschrieben, einige Buchstaben in hebräischer Kalligraphie. Später fanden wir heraus, daß sie ein hebräisches Akronym bildeten, das bedeutete: ‹Möge Gott ihr Blut rächen.›

Diese Karte hatte auf mich eine besondere Wirkung. Sie traf unerwartet ein und besagte ‹mutmaßlich tot›. Aber nachdem ich vorher soviele Nieten gezogen und praktisch die Suche aufgegeben hatte, war ich fast ebenso begeistert, als wenn die Karte Claudels Adresse genannt hätte. Zumindest gab es jetzt etwas, an das man sich halten konnte. Ich schickte einen Dankesbrief mit einer kleinen Spende. Wir senden seither jedes Jahr eine kleine Spende dorthin.

Über die Todeslager, auch über Maidanek, gibt es eine umfassende Literatur. Ich bringe es nicht fertig, zu wiederholen, was ich gelesen habe. Wer glaubt, nach einem Besuch in Dachau über die Lager Bescheid zu wissen, täuscht sich. Und wer besonders empfindlich ist, sollte so etwas nicht lesen; es wird ihm den Schlaf rauben. Dann hatte ich wieder einen meiner glänzenden Einfälle. Ich wollte versuchen, jemanden zu treffen, der in dem Lager gewesen war. Ich hätte es nicht ertragen, einem Überlebenden ins Gesicht zu sehen; deshalb dachte ich mir einen Plan aus, der mich schließlich zu T..., einem früheren Aufseher, führte.

Auf meine kleine List war ich ziemlich stolz. Ich zog den Anzug an, den ich bei Anhörungen trug, ließ mir die Haare schneiden und stattete dem Büro einer Vereinigung ehemaliger Kriegsteilnehmer einen Besuch ab. Es ist erstaunlich, wie leicht alles ging. Ich sagte, daß ich ‹verunsichert› sei; daß ich jemanden treffen wolle, der mir berichten könne, wie ‹es in den Lagern wirklich gewesen sei›. Warum ich mich gerade für Maidanek interessierte, war etwas schwieriger zu erklären. Aber anscheinend glaubten sie mir die kleinen Notlügen. Später wurde mir klar, daß es ihnen gleichgültig war, ob ich ihnen über mich die Wahrheit gesagt hatte. ‹Wir haben heutzutage viele solcher Anfragen›, sagte man mir, und sie gaben mir die Telephonnummer von T.... Ich rief dort an und wurde für Sonntag zum Mittagessen eingeladen. T... und seine Frau lebten etwa hundert Kilometer nördlich von P. ganz in der Nähe der Autobahn in dem ziemlich kleinen Dorf W. Das war sogar für Cleos schwarzen VW-Käfer, mit dem ich fahren wollte, keine Entfernung.

Es war ein kühler und angenehmer Vormittag, und auf den Straßen, die zur Autobahn führten, herrschte reger Sonntagsverkehr. Ich genoß es, langsam über die Landstraßen zu fahren. Dann erreichte ich die Autobahn und wurde auf das gewaltige schwarze Förderband katapultiert, das mich ans Ziel führte. Als ich die Ausfahrt nach W. erreichte, war ich steif und verkrampft und fühlte mich in meiner Kleidung unbehaglich. Normalerweise laufe ich sonntags nur in Jeans und T-Shirt herum. Ich konnte mich nicht mehr daran erinnern, wann ich das letze Mal sonntags einen Anzug getragen hatte. Er weckte in mir Erinnerungen an den Kirchgang. T... muß damals Anfang siebzig gewesen sein; er war groß und korpulent und laut und zu alt, um noch etwas auf Rang- und Klassenunterschiede zu geben. Vor seinem Ruhestand war er der Dorfbäcker gewesen. ‹Sehen Sie, junger Mann›, begrüßte er mich, ‹unsere junge Generation gefällt mir.› Seine Frau war klein und knochig; sie blickte mich finster an. Beim Essen bediente sie uns. Ich konnte sehen, warum T... so dick war. Das Mittagessen war ausgezeichnet und reichlich. Uns wurden gewaltige Portionen

Rinderbraten, Salzkartoffeln und Spätzle aufgetischt. Der Rinderbraten war perfekt zubereitet: außen braun und knusprig, innen zartrosa. Die Kartoffeln, in der Bratensoße gekocht, waren dunkel, weich und mehlig. Zu meiner Überraschung gab es auch einen herrlichen Salat aus Wasserkresse und Radieschen mit einer leichten Salatsauce. Das selbstgebackene Brot war natürlich das beste, das man sich vorstellen kann, und das Bier war kalt und vorzüglich. Beim Essen war das Eis schnell gebrochen. Es stellte sich heraus, daß wir beide Bayern-Fans waren, und wir verbrachten die Zeit bis zum Nachtisch damit, uns an berühmte Spieler, Trainer und Spiele zu erinnern, über den HSV zu lästern und schließlich unseren Fußballstil mit dem englischen und dem brasilianischen zu vergleichen. Beim starken Kaffee zeigte sich eine politische Einstellung, die erstaunlich gemäßigt war. T... bewunderte Strauß, hatte aber auch viel Respekt vor Schmidt. Höhnisch sprach er von den Grünen und den Linksradikalen, ebenso verächtlich aber von ‹den Leuten, die von der Vergangenheit träumen›. – ‹Sie haben nichts dazugelernt›, sagte er über die vielen rechten Grüppchen. Daß ich nur sehr wenig redete, schien ihn nicht weiter zu stören; ich merkte, daß ich ihm gefiel – die Macht des Fußballs und eines Haarschnitts. Was mich betrifft, so war ich nicht einfach nervös, sondern hatte unerklärlicherweise auch ein wenig Angst. Ich hatte keine Angst vor dem, was er mir zu erzählen hätte, sondern vor ihm. Vielleicht hatte ich davor Angst, daß meine kleine List entdeckt werden könnte.

Nach dem Essen setzten wir uns ins Wohnzimmer. Seine Frau – immer noch verärgert und mißtrauisch – versorgte uns weiter mit kaltem Bier. ‹Ja, der Krieg›, sagte er und fing an zu erzählen. Er war im Lager einfacher Aufseher gewesen und hatte nur Befehle ausgeführt. Er sprach auf eine sachliche Art über die Todesmaschinerie, an der er nicht persönlich beteiligt gewesen war. Er beklagte sich wiederholt darüber, daß es eine schwere Arbeit gewesen sei, ‹vielleicht schwerer, als an der Front zu kämpfen›. Ich verhielt mich sehr höflich und nickte aus Sympathie und Zustimmung zu dem, was er sagte, mit dem Kopf. Dabei brauchte ich mich nicht zu verstellen. Er rief nach seiner Frau und bat sie mit lauter Stimme, mehr Bier (‹Darf ich Ihnen noch etwas anbieten, junger Mann?› – ‹Ja bitte, gern.›) und das Album zu bringen. Sie gehorchte, und der Haß, mit dem sie mich anstarrte, war beinahe mit Händen zu greifen. Die Bilder waren genau das, was ein junger Soldat so aufzubewahren pflegte. Grundausbildung, viele Gruppenaufnahmen mit seinen Kameraden. Auf jedem Bild war von Hand ein kleiner Pfeil hinzugefügt, der auf T... zeigte und ihn aus der Gruppe hervorhob. Die Bilder aus dem Lager waren bedrückend, aber ich hatte in den Büchern, die ich gelesen hatte, viel Schlimmeres gesehen. Es gab keine Aufnahmen von Leichen oder von ausgemergelten Lagerinsassen; die meisten Aufnahmen zeigten T... und seine Freunde. ‹Wir hatten auch unseren Spaß›, sagte er, als er eine Seite umblätterte. Vielleicht haben Sie schon solche Bilder gesehen. Eine Gruppe grinsender und lachender Soldaten in Uniform, T... mitten unter ihnen, und bei ihnen sechs oder sieben entblößte Frauen. Anders als die Aufseher sahen die Frauen nicht direkt in die Kamera. Einige der Aufseher hatten den nackten Frauen die Arme um die Schultern gelegt. Claudels schönes dunkles und schweres Haar war sehr kurz abgeschnitten und stand ihr fast vom Kopf ab. Sie war dünn, aber nicht zum Skelett abgemagert. Zuerst hätte ich sie fast nicht erkannt, aber als ich ihr Gesicht sah, gab es keinen Zweifel mehr. Sie blickte weder in die Kamera noch auf die Aufseher oder die anderen nackten Frauen. Auf ihrem Gesicht lag, wie soll ich es beschreiben, ein angespanntes, verzweifeltes Lächeln wie von Munch. Einer der Soldaten hatte ihr den Arm um die Hüfte gelegt und grinste breit in die Kamera.

Mein Herz pochte laut, und ich fühlte einen Schmerz in der Brust. Mir wurde schwindelig, und ich hatte Schwierigkeiten beim Atmen. Der Magen drehte sich mir um, und ich fürchtete, mich übergeben zu müssen. T... schenkte mir zunächst keine Aufmerksamkeit, hielt aber dann mit seinem Gerede ein (ich hatte nicht einmal bemerkt, daß er immer noch sprach) und sagte: ‹Ist bei Ihnen alles in Ordnung, junger Mann?› – Es gelang mir zu sagen: ‹Mir geht es gut, richtig gut. Ich glaube, es ist das Bier.› Seine Frau, die an der Tür stand, sah mich verächtlich an und ging hinaus. ‹Beachten Sie sie nicht›, sagte T... ; ‹das Photo macht sie zornig. Was erwartet sie? Wir sind nun einmal Menschen und keine Maschinen. Wir hatten auch unsere Bedürfnisse.› Er blickte wieder auf die Photographie, schüttelte den Kopf und sagte: ‹So ist das nun mal ... leider.› Ich verabschiedete mich und bedankte mich bei T... für die Einladung. Seine Frau war verschwunden.

Wie ich mich auf dem Heimweg verhalten habe, versuche ich zu vergessen, auch wenn Cleo meint, daß nichts geschehen sei, dessen ich mich schämen müßte. Ich habe mich immer für einen Fahrer gehalten, der auf der rechten Fahrspur bleibt, aber auf der Rückfahrt stand ich auf dem Gaspedal und wechselte wie wild die Spur. Ich fuhr wie ein Verrückter. In jedem anderen Land der Welt wäre ich dafür verhaftet worden. Erst jetzt entluden sich mein Zorn und meine Enttäuschung. Ich schrie fast die ganze Fahrt über und verfluchte, so laut ich konnte, T... und Steinmann und dann alle Politiker, die mir einfielen, Grüne, Rote und Schwarze. Ich verfluchte meine Kollegen und meine Studenten. ‹Ihr beschissenen Arschlöcher mit eurer verdammten Höflichkeit, ihr beschissenen Arschlöcher mit eurer verdammten Höflichkeit›, schrie ich immer wieder und bedachte jeden Fahrer, den ich überholte, mit obszönen Gesten. Ich verfluchte meine Eltern und meine Lehrer und meine Schulen und unsere wundervolle Bildung und unser gutes Benehmen. Ich verfluchte dieses Land. ‹Scheißland, Scheißland›, brüllte ich. In meiner blinden Wut verpasste ich die Ausfahrt nach P., was mich noch stärker aus der Fassung brachte, und ungeachtet der Beanspruchung des Motors des armen VW-Käfers fuhr ich noch lange Zeit auf der Autobahn weiter. Erst als meine Stimme heiser wurde, hörte ich auf zu schreien.

Ich weiß nicht mehr, wie weit ich gekommen bin und wann und wo ich gewendet habe. Als ich wieder nach P. kam, war Mitternacht vorbei. Trotz meines Zustands fuhr ich sehr langsam durch unsere Straße, um nicht zuviel Lärm zu machen, und stieg auf Zehenspitzen das Treppenhaus unseres Wohnhauses hinauf. Ich benutzte das Bett im Gästezimmer.

Am nächsten Tag schlief ich lange und stand nicht auf, als Cleo morgens das Haus verließ. Ich blieb fast den ganzen Tag über im Bett. Am Abend sagte ich kaum etwas, und Cleo stellte keine Fragen. Schließlich erzählte ich ihr, was ich gesehen hatte. Es war nicht leicht, die richtigen Worte zu finden. Was sagst du da? Sie haben sie vergewaltigt, bevor sie sie vergast haben? Also sagte ich nur: ‹Es gibt ein Photo von diesen Soldaten und einigen Frauen. Sie haben ihr das Haar abgeschnitten.› Mehr brauchte ich nicht zu sagen. Cleo hatte alles verstanden. Sie wandte sich von mir ab. Dann weinte sie langsam und heftig in sich hinein – nichts konnte ihren Schmerz stillen. Obwohl wir das Bett teilten, schliefen wir danach eine Zeit lang nicht miteinander.

15

Ich musste noch aufklären, was bei Steinmanns vorzeitiger Emeritierung vorgefallen war. ‹War es überhaupt noch wichtig, es herauszufinden?›, fragte ich mich. Es schien mir belanglos und unerheblich. Aber schließlich hatte mich gerade diese Frage darauf gebracht, die lange Suche in die Vergangenheit aufzunehmen; es handelte sich zwar um die Vergangenheit anderer, aber ich hatte mich eingemischt und war Erinnerungen nachgegangen, die ich, obgleich sie nicht meine eigenen waren, selbst noch einmal heftig und schmerzhaft durchlebt hatte. Diesmal brauchte ich nicht weit zu reisen. Alle Tatsachen waren hinter den verschlossenen Türen und versiegelten Lippen meiner Kollegen in P. verwahrt. Als ich sie schließlich aufdeckte, deuteten Cleo und ich sie unterschiedlich, was zwar beunruhigend, aber aufschlußreich war.

Wir hatten richtig geraten, daß der Schlüssel für die Lösung des Rätsels darin lag, daß Jacob Weiss nicht auf den Lehrstuhl für öffentliches Recht berufen worden war, kurz bevor Steinmann seine Emeritierung ankündigte. Normalerweise kommen für eine Professorenstelle sechs Bewerber in die engere Wahl, die alle zu einer Anhörung eingeladen werden. Von den sechs werden die Namen dreier Bewerber in einer bestimmten Reihenfolge dem Ministerium zur abschließenden Auswahl vorgeschlagen. In diesem Fall wurde ein siebter Name hinzugefügt, der von Jacob Weiss. Dies geschah auf Steinmanns ausdrücklichen Wunsch. Daß er sich für Berufungsfragen interessierte, war so ungewöhnlich, daß man seinem Wunsch einfach entsprechen mußte. Die allgemeine Ansicht war, daß er in Weiss etwas gesehen habe, das aus den ganz unauffälligen Bewerbungsunterlagen nicht hervorgegangen sei. Der Berufungskommission gehörten fünf Mitglieder an, von denen vier – einschließlich Steinmann – noch in P. waren, als ich meine Nachforschungen anstellte. Es überraschte mich selbst (und Cleo), mit welch ruhiger Entschlossenheit ich an sie herantrat und sie bat, mir ihre Erinnerungen mitzuteilen. Ich sprach mit allen außer Steinmann, und sie beantworteten mehr oder weniger widerstrebend meine detaillierten Fragen. Ich befragte auch die gefürchtete Frau P..., Steinmanns frühere Sekretärin, die ich aus meiner Assistentenzeit gut kannte. Ich sprach mit allen, die damals Assistenten waren, da diese Gruppe im allgemeinen die wichtigste Quelle des Fakultätsklatsches bildet; in dieser Sache waren sie allerdings nur unzulänglich informiert. Zuletzt wandte ich mich auf Cleos Betreiben an Prof. Dr. Dr. N..., den damaligen Dekan, der sich schon im Ruhestand befand. Zweifellos hatte er unser früheres Gespräch vergessen. (‹Natürlich erinnere ich mich an die Steinmann ... äh ... Affäre. Unser ausgezeichneter Kollege brachte beinahe diese unsere alte Fakultät in Verruf. Haben wir uns darüber nicht schon einmal unterhalten?›) Alle diese Quellen vesetzten mich in die Lage, mir ein genaues Bild zu verschaffen.

Als das Auswahlverfahren begann, machte Steinmann keinen Hehl daraus, daß er nur an Weiss interessiert war. An den Anhörungen der anderen Bewerber beteiligte er sich nur sehr oberflächlich und nahm unter einer Entschuldigung nicht am gesellschaftlichen Rahmenprogramm teil. Er war jedoch unermüdlich, als Weiss an die Reihe kam.

Im Rückblick gesehen, war sein Verhalten lächerlich, tragisch, sogar mitleiderregend. Ohne diesem unglückseligen Menschen jemals begegnet zu sein, hatte sich Steinmann irgendwie eingeredet, daß Weiss ein Ersatz für Leon Oppenheimer sein könne, ja, daß er ein neuer Leon Oppenheimer sei. Zum Glück fanden seine Kollegen, die nicht in die Vergangenheit eingeweiht waren, Steinmanns Verhalten, zumindest anfänglich, allenfalls seltsam.

Auf Steinmanns Bitte traf sich die Berufungskommission mit Weiss zum Mittagessen. Die offizielle Anhörung sollte später am Nachmittag stattfinden. Es sollte ein erstklassiges Essen in einem der besten Restaurants der Gegend sein (auf Kosten der Fakultät, versteht sich). Steinmann war unnötig aufgeregt, was die Vorbereitungen betraf. Er bat sogar darum, vorher die Speisekarte des Restaurants sehen zu dürfen. ‹Gibt es ein reichhaltiges Angebot?› wollte er wissen. ‹Und wenn Herr Weiss nun Vegetarier ist›, fragte er Frau P..., ‹oder nur Fisch ißt?› Am Tag des Vorstellungsgesprächs war Steinmann nicht aufzuhalten. Obwohl er gar nicht den Vorsitz in der Kommission hatte, übernahm er die Rolle des Gastgebers. Keiner hatte etwas dagegen, und Weiss fühlte sich geschmeichelt, war jedoch nicht aus der Fassung gebracht. Dieser Weiss gehörte zu den Leuten, die von sich eine ziemlich hohe Meinung haben. Als einziger unter allen Anwesenden fragte er sich während des Tages kein einziges Mal, was er dort zu suchen hatte. Zumindest hinterließ er diesen Eindruck.

Im Restaurant soll sich Steinmann nach einem Bericht ‹anmaßend›, nach einem anderen ‹sonderbar› verhalten haben. ‹Der Steinbutt schmeckt hier ausgezeichnet, Herr Weiss›, verkündete Steinmann, als der Ober die Speisekarte brachte, ‹oder vielleicht möchten sie den gegrillten Lachs probieren.› Ich bin viele Male in jenem Restaurant gewesen. Der Steinbutt ist ganz ordentlich (wann haben Sie zuletzt Steinbutt gegessen, der nicht gut war?), und das gleiche gilt für den Lachs, aber sie sind nichts Besonderes. Tiefgefrorener Fisch ist nie etwas Besonderes. Das Restaurant ist vor allem für sein Wild berühmt, insbesondere sein Wildschwein. Weiss lächelte Steinmann an, nickte ihm mit einem ‹vielen Dank› zu und vertiefte sich in die Speisekarte. Als der Ober zurückkehrte, um die Bestellungen aufzunehmen, bestellte Steinmann unüberhörbar für den ganzen Tisch Weißwein (einen Muscadet) und sagte dann: ‹Ich nehme an, daß unser Gast, Herr Dr. Weiss, eines ihrer ausgezeichneten Fischgerichte probieren möchte. Aber ‹unser Gast› hatte andere Vorstellungen. ‹Zu freundlich, Herr Professor›, entgegnete er. ‹Ich glaube, ich nehme die Spezialität des Hauses.› Danach verlief das Mittagessen ohne weitere Zwischenfälle; allerdings verfiel Steinmann mehr und mehr in eine trübselige Stimmung. (Muscadet paßt – woran sich alle noch nach Jahren erinnerten – nun einmal nicht gut zu Wild.)

Bei der Anhörung wirkte Steinmann niedergeschlagen und beteiligte sich zur allgemeinen Verwunderung nicht aktiv an der Befragung. Er beschränkte sich auf hingeworfene Bemerkungen, die an niemand Besonderen gerichtet waren. Er schien darauf zu warten, daß Weiss nun endlich seine wahren Qualitäten zeigte. Aber wenn Weiss über irgendwelche besonderen Qualitäten verfügte, so ließ er dies an jenem Nachmittag nicht sehr deutlich werden. An einem Punkt der Unterhaltung schaltete sich Steinmann ein und bemerkte: ‹Ich nehme an, daß Sie sich auch für andere Rechtssysteme interessieren, Herr Weiss.› Weiss war überrascht, da er nach eigener Einschätzung in Rechtsvergleichung nicht besonders bewandert war. ‹Ich kenne mich ein wenig im amerikanischen Recht aus›, entgegnete er, ‹ich habe ein Jahr in Chicago verbracht.› (Aus seinem Lebenslauf ging hervor, daß er an der in Chicago gelegenen Northwestern School of Law den Grad eines LL.M. erworben hatte.) Als er merkte, daß dies nicht die Antwort war, die Steinmann erwartet hatte, bemühte sich Weiss verzweifelt, seinem berühmten Gesprächspartner eine Freude zu machen, und fügte hinzu: ‹Nun ja, in den ersten Semestern habe ich mich ein wenig mit dem Römischen Recht beschäftigt.› – ‹Ach ja›, bemerkte daraufhin trocken ein anderes Kommissionsmitglied.

Etwas später schaltete sich Steinmann erneut ein: ‹Sicher halten Sie Ihre Beschäftigung mit Fremdsprachen für eine gute geistige Übung.› Diese Äußerung fanden die anderen nicht nur absonderlich, sondern auch hart. Nach den Unterlagen waren die Sprachen bei Weiss eindeutig ein schwacher Punkt. Er hatte als Fremdsprache nur Englisch angegeben. Diese Frage brachte Weiss aus dem Gleichgewicht. ‹Ich kann auch etwas Französisch›, sagte er in Verteidigungshaltung, ‹aber es ist eingerostet; ich habe vor, es aufzufrischen. Und dann natürlich Latein ... von der Schule her›, und dann verstummte er. Es war eine Komödie der Irrungen, aber es gab keine allwissenden Zuschauer, die das Schauspiel hätten genießen können.

Dann geschah der Skandal. ‹Aber Sie sind doch Jude, Herr Weiss?›, sagte Steinmann. Nach seinem Tonfall klang dies eher wie eine Feststellung oder sogar ein Vorwurf als wie eine Frage. Das konnte man nun nicht mehr als seltsames Benehmen abtun. Als ich den Teilnehmern jener Sitzung die Einzelheiten entlockte, konnte ich noch Jahre später spüren, wie peinlich ihnen dieser Vorfall war. Alle waren sprachlos. Sogar Weiss, der bis dahin nicht um Worte verlegen gewesen war, schwieg einige Sekunden, bevor er schließlich entgegnete: ‹Ich verstehe nicht. Wie können Sie so etwas fragen? Doch ja, aber ... Herr Professor ... was macht das für einen Unterschied?› Seine Stimme wurde laut vor Erregung, überschlug sich und endete in einem trockenen Krächzen. Es war das Geräusch einer aufflammenden, aber schwächlichen Empörung, die hart gegen die Mauern der Unterwürfigkeit stieß, welche die in unseren Fakultäten verbrachten Jahre so fest errichtet hatten. Vergeblich versuchte er, den anderen Kommissionsmitgliedern am Tisch in die Augen zu sehen und ihre Unterstützung zu erlangen. Steinmann nahm nicht wahr, wie um ihn herum Bestürzung, Scham und Verletztheit hervorbrachen, und antwortete Weiss: ‹Oh, es macht einen gewaltigen Unterschied. Ich fände es wundervoll, wieder einige Juden an unserer Fakultät zu haben.› Die Schlichtheit und Ernsthaftigkeit dieser unerwarteten Äußerung schwächte zwar die Dramatik des Augenblicks ab, aber der Vorsitzende schloß die Sitzung, sobald er dies mit Anstand tun konnte.

Nach der Sitzung war man sich darüber einig, daß Weiss von den sieben Bewerbern der schwächste war. (Wenn man sich vor Augen hält, wer am Ende berufen wurde, muß er schon sehr schwach gewesen sein.) Steinmann drängte nicht länger und zog sich aus dem Verfahren zurück. Aber der Vorfall führte unter den Professorenkollegen zu heftigen Diskussionen. Die allgemeine Auffassung war die, daß Steinmanns Verhalten völlig unmöglich gewesen sei. (‹Stellen sie sich den Skandal vor, wenn dies nach außen gedrungen wäre.› – ‹Das kommt dabei heraus, wenn bewährte Verfahrensweisen mißachtet werden.› – ‹Weiss hätte niemals zu einer Anhörung eingeladen werden dürfen.›) Insbesondere wurde kritisiert, daß Steinmann zu weit gegangen sei, indem er versucht habe, in das Auswahlverfahren nicht akzeptable Kriterien einzuführen. (‹Die Religionszugehörigkeit eines Bewerbers geht die Fakultät nichts an.›) Noch heftiger wurde sogar über seinen Wunsch diskutiert, jüdische Personen an die Fakultät zu berufen. (‹Ich verstehe Steinmann ja, aber so geht es doch wohl nicht?› – ‹Wir würden uns freuen, einen guten jüdischen Bewerber berufen zu können. Aber in der Frage der Maßstäbe darf es in dieser Fakultät keine Kompromisse geben.› – ‹Wenn wir etwas nicht gebrauchen können, dann dies! Nein, nur das nicht, ich meine die Auswahl auf der Grundlage der Rasse.›) Keiner der Kollegen sagte ihm allerdings seine Meinung offen ins Gesicht oder forderte ausdrücklich, daß er sein Amt aufgeben solle.

Schließlich wurde dem Minister eine Berufungsliste übersandt, auf der der Name Weiss fehlte. Kurz darauf gab Steinmann seinen Entschluß bekannt. Ich fragte seine damaligen Kollegen, was sie davon hielten. Hier sind einige Antworten: ‹Sehr weise!› – ‹Rücksichtsvoll gegenüber der Fakultät!› – ‹Er ist in Würde zurückgetreten.› – ‹Wie immer von hohen Grundsätzen getragen. Er beging einen Fehler und war bereit, für die Folgen einzustehen.›

Während ich die Einzelheiten enthüllte, schwelgte ich wieder einmal in Abneigung, Abscheu und Selbstgerechtigkeit. Cleo hörte mir gebannt zu. Meine Verachtung für Steinmanns damalige Kollegen schien grenzenlos zu sein. ‹Diese Heuchler›, sagte ich immer wieder, ‹diese Heuchler mit ihren verlogenen Grundsätzen!› – ‹Er hätte niemals sein Amt aufgeben dürfen›, beharrte ich mehrmals. Und dann fügte ich haßerfüllt hinzu: ‹Besonders nicht unter dem Druck jener Leute.› Cleo hörte schweigend zu, ging aber nicht darauf ein. Ich versuchte es erneut. ‹Mir ist klar, daß die Frage, die er an Weiss gerichtet hat, schrecklich klang›, sagte ich, ‹aber man muß seine Absichten bedenken›, und ich hielt ihr eine kleine Vorlesung über den Schuldbegriff und erklärte ‹geduldig›, daß Steinmanns Absichten lauter gewesen seien.

Aber Cleos Zweifel schienen zu wachsen, und ihr Schweigen verstärkte sich. ‹Wie hätten sie seine Absichten erraten können›, fragte ich und legte Cleo die Antwort in den Mund, die ich dann selber gab: ‹Der Antwort, die er Weiss gab, hätten sie eindeutig entnehmen können, daß seine Worte nicht rassistisch gemeint waren.› Aber es war nutzlos; also provozierte ich Cleo: ‹Du findest also auch, er hätte sein Amt aufgeben sollen? Du meinst, K... und N... und alle anderen hätten recht gehabt?›

Cleo schüttelte langsam den Kopf. ‹Du siehst es wohl wirklich nicht›, sagte sie. Ihr Tonfall klang zunächst traurig und enttäuscht und dann schmerzhaft gleichgültig. ‹Glaubst du wirklich, daß Steinmann sein Amt wegen des sogenannten «Skandals» aufgegeben hat? Weil er Weiss gefragt hatte, ob er Jude sei?›, fragte sie. ‹Oder wegen seiner Kollegen, die es nicht einmal über sich gebracht hatten, offen seinen Rücktritt zu fordern?› fügte sie mit

Abscheu hinzu. ‹Nein, das war ihm alles völlig gleichgültig›, sagte sie, ‹und mir ist es auch völlig gleichgültig.›

Ich fühlte mich beschämt und erniedrigt. Nicht, ‹weil ich es nicht sah›. Ich war mir immer noch nicht sicher, was Cleo im Sinn hatte. Aber ich wußte, daß auch ich sie enttäuscht hatte und daß sie mich als ‹einen seiner Kollegen› betrachtete. Daß ich – wenn auch nur in der privaten Sphäre unseres Hauses – meine Empörung und Verachtung ausgedrückt hatte, war in ihren Augen kaum mehr als ein Luxus, der unserem Essen etwas Würze hinzufügte. Schließlich hatte ich auch keinen seiner Kollegen angegriffen, von denen ich die Geschichte gehört hatte.

‹Und warum hat er nun sein Amt aufgegeben?› fragte ich schließlich. ‹Weil er es so wollte›, erwiderte sie. ‹Er wollte einfach nicht länger im Amt bleiben.› Ich zögerte. ‹War er verärgert, weil sie Weiss nicht berufen wollten?› fragte ich. ‹Findest du, sie hätten ihn berufen sollen?› Die Ungläubigkeit war jetzt auf meiner Seite. Ich wurde wieder erregt. ‹Sie konnten ihn nicht berufen. Weiss war einfach nicht gut genug›, sagte ich zu Cleo mit Nachdruck und unterwarf sie noch einer kleinen Vorlesung, diesmal über akademische Maßstäbe. ‹Du verstehst es immer noch nicht›, sagte sie, als ich geendet hatte, und ihre Wut war verflogen. ‹Genau das ist es. Weiss war nicht gut genug. Steinmann hatte das eingesehen. Er hatte auch begriffen, daß es für die Leons keinen Ersatz gab. Und deshalb ging er.›

16

Nachdem ich die Gründe für Steinmanns Rückzug aufgeklärt hatte, war ich in bedrückter Stimmung. Obwohl sich die Gespräche beim Abendessen, das zentrale Ereignis jedes Tages, mit unverminderter Intensität fortsetzten, verständigten wir uns ‹darüber› stillschweigend. Es wurde mir bewußt, daß ich die Erinnerung noch nicht verarbeitet und in eine beherrschbare Form gebracht hatte. Nach einigen Wochen des Grübelns sagte ich Cleo, daß ich eine allerletzte Reise unternehmen wolle.

Ich hatte diese Fahrt bis zum Schluß aufgeschoben. Die Vergangenheit würde wieder zur Gegenwart werden, aber vielleicht wirklicher sein als je zuvor. Ich plante einen Besuch in Brighton, wo Claudels Bruder – jetzt ein alter Mann – vermutlich bei der Familie seines jüngsten Sohnes lebte. Es war verrückt. Ich war mir nicht sicher, ob sie dort noch lebten; ich war mir auch nicht sicher, ob der alte Mann noch am Leben war. Und selbst wenn er es wäre, würde ich mit ihm sprechen? Ich hatte nicht die Absicht. Was auch immer Cleo dachte, Steinmann hatte recht: Was gab es noch zu sagen? Trotzdem, verrückt oder nicht, wollte ich immer noch fahren. Dies alles blieb jedoch unausgesprochen.

Ich packte meine Sachen und fuhr allein zum Flughafen. Brighton ist sehr leicht zu erreichen; man muß einen Flug nach Gatwick buchen, Londons zweitem Flughafen. Alle halbe Stunde fährt ein Zug direkt vom Flughafen in die Stadtmitte von Brighton. Ich kam am frühen Nachmittag dort an. Brighton hat einen großen viktorianischen Bahnhof aus Schmiedeeisen und Glas, der mir recht gut gefiel. Es war meine letzte Reise, und wie bei der ersten war es Juli und ein sehr warmer Tag. Ich beschloß, zuerst einen Spaziergang an die See zu unternehmen. Ich kaufte einen Stadtplan, aber das war kaum nötig; es gibt eine Straße, die vom Bahnhof geradeaus hinunter an den Strand führt.

Die Strandpromenade war nicht gerade schön. Verfallene Hotels für einen Urlaub an der See, neue, billig gebaute, ineinander verschachtelte Kinos und Passagen mit Videoläden ergeben keine gute Mischung. Selbst die See war nicht romantisch. Es gab keine wogenden Wellen, keine anschwellende Flut und keinen hinreißenden Meeresblick. Es war grau und schmutzig, und die Apfelsinenschalen, die auf den Wellen schwammen, waren noch die harmlosesten Gegenstände im Wasser. Aber der Anblick der vielen ausländischen Touristen – die meisten jung und laut – und der Einheimischen – alt und ohne Eile –, die scharfe Brise mit ihrem Salzgeschmack und die ausgedehnte zerfallende viktorianische Pier fügten sich zu einer großzügigen, toleranten Atmosphäre zusammen. Ich saß lange auf einer Bank am Ufer, in Gedanken versunken, vor allem mich selbst beobachtend und in mich hineinhorchend.

Ich schloß die Augen. Der Lärm der Menschen um mich herum ließ nach, und langsam wurde ich von der Wärme der Sonne überflutet, die hoch über der See stand. Schließlich konnte ich nur noch das Geräusch der sich brechenden Wellen hören. Ich dachte an Steinmann und Oppenheimer. An Claudel und ihr Schicksal. Dann warnte Cleo mich am Vorabend jener Zugfahrt nach Bremen, einer Fahrt, die jetzt schon weit in der Vergangenheit zu liegen schien. ‹Bist du dir sicher? Bist du dir sicher?› fragte sie im Rhythmus der ans Ufer schlagenden Wellen, und mein Herz schlug genau im Einklang mit dem Takt der Räder und Schienen. Ich saß wieder in jenem Zug und erlebte noch einmal jene mich in ihren Bann schlagenden Augenblicke am Rhein mit ihren traumähnlichen Motiven und den Vorzeichen künftiger Ereignisse, die jetzt bedrohlich darum rangen, sich meinem widerstrebenden Bewußtsein zu offenbaren. Wieder saß ich im Zug und blickte aus dem Fenster auf das rote, weiße und schwarze Drama des Sonnenuntergangs und des Einbruchs der Nacht. Die Schatten wurden länger, streckten sich nach mir aus, und langsam wurden Innen und Außen eins. Als sich dann die Dunkelheit voll herabsenkte, merkte ich wie damals auf der ersten Reise, daß das, worauf ich starrte, mein eigenes Spiegelbild war, ich selbst. Als mir der kalte Seewind in das schweißnasse Gesicht blies, öffnete ich erschrocken die Augen.

Es war gar nicht dunkel. Die Julisonne stand noch hoch am Himmel über der See, aber sie strahlte keine Wärme aus, und es gab diesmal auch keine Entschuldigung für ihr gleichgültiges Strahlen. Ich erhob mich von der Bank und wischte mir den Schweiß und die Angst ab. Es war Zeit zum Aufbruch.

Es war leicht, die Adresse im Telephonbuch zu finden. Der Name ist immerhin ziemlich auffällig, und es gab ihn in dem Buch nur einmal. Sie lebten im westlichen Teil der Stadt, einer Gegend mit dem Namen Hove, an einer langen Straße, die am Strand beginnt und hinauf in die Hügel von Sussex (nach meinem Reiseführer die Sussex ‹Downs›) führt. Es war ein langer, steiler Weg, aber die Anstrengung machte mich ruhiger, und bald war ich wieder ich selbst. Ich kann mich noch daran erinnern, daß es mir auffiel, wie aus den großen weißen am Ufer stehenden Wohnblöcken, als ich höher stieg, Reihenhäuser wurden und dann Einfamilienhäuser mit immer größeren Gärten. Es sah aus – der Gedanke fällt mir wieder ein –, als ob ein pedantischer Soziologe die Stadt unter Zugrundelegung von Einkommen und gesellschaftlicher Schichtung am Reißbrett entworfen hätte.

Das Haus selbst war groß und stattlich und hatte einen gepflegten Garten und im Vorgarten eine Rasenfläche, die sich weit nach hinten ersteckte. Es war eine Vorstadtvilla, von den anderen in der Straße kaum zu unterscheiden. Am Tor, neben dem Briefkasten, befand sich ein dunkelgrünes Namensschild aus Keramik, auf dem schwarze orientalische Ornamente den in der Mitte stehenden Namen umgaben: da Silva. Ich fühlte mich ein bißchen verzagt. Dies war keine Erinnerung. Es war ein wirklicher Name an einem wirklichen Haus, in dem wirkliche Menschen lebten. Sie waren es.

Der alte Mann saß auf einer Bank vor dem Haus, er hatte ein wenig Übergewicht, wirkte aber sehr gepflegt. Trotz des warmen Tages trug er Anzug und Krawatte. Ein kleines Mädchen, ungefähr fünf oder sechs Jahre alt, spielte gerade mit gelben Plastikenten in einem kleinen aufblasbaren Planschbecken, das auf dem Rasen stand. Sie redete sehr ernsthaft mit ihren Enten; sie drohte der Entenmutter mit dem Finger, als ob sie sie ermahnte. Von Zeit zu Zeit lief sie immer wieder zu dem alten Mann hin und sprach lebhaft mit ihm. Sie waren zu weit entfernt, als daß ich hätte verstehen können, was sie redeten, aber offensichtlich berichtete sie eingehend von dem Treiben ihrer Enten.

Vielleicht erwarten Sie jetzt zu lesen, wie sehr das kleine Mädchen Claudel ähnlich sah. Nun ja, nicht ganz. Sie war sehr behende, und ihr hübsches Gesicht hatte ein zartes, helles und heiteres Aussehen. Sie hatte jene seltene Mischung von hellem, eigentlich blondem, leicht gelocktem Haar und Augen, die, wie ich später sah, von unerwartet perfektem und glänzend tiefem Braun waren. In ihren Farben gab es nichts Dunkles. Die auffälligste Ähnlichkeit mit ihrer Großtante, die sie nie gekannt hatte, lag in der Mundpartie. Sie hatte genau den gleichen schönen breiten und vollen Mund mit hübschen ausdrucksvollen Lippen. Sie war flink und lebhaft, wie es kleine Kinder in dem Alter sind. Nichts an ihr war träge oder gedankenschwer. Als das Kind mich zuerst sah, zeigte sie keine Aufmerksamkeit und fuhr mit ihrem Spiel fort. Nach einer Weile bemerkte ich, wie sie schnelle Blicke in meine Richtung warf. Schließlich lief sie zu dem alten Mann hin, kletterte zu ihm hoch und flüsterte ihm etwas ins Ohr. Er blickte in meine Richtung und sagte dann etwas zu dem Mädchen. Sie schüttelte lebhaft den Kopf. Er lächelte, sagte noch einmal etwas und entließ sie dann mit einem sanften Schubs in meine Richtung.

Das kleine Mädchen kam langsam auf das Tor zu, wobei der Trotz die Verlegenheit ablöste. Sie stand gerade aufgerichtet vor mir und fing dann an, als ob sie einen Vers in einer Theateraufführung aufsagte: ‹Mein Saba glaubt ....› Sie hörte auf und fing noch einmal an. Offenbar hatte der alte Mann ihr gesagt, daß sie sich zuerst vorstellen sollte. ‹Mein Name ist Rachel Chaya da Silva. Mein Saba glaubt, du hast dich verlaufen ...›, und sie stockte, als ob sie ihren Text vergessen hätte. In diesem Augenblick öffnete jemand die Vordertür und rief: ‹Claudel, Claudel› und, als von dem Mädchen keine Antwort kam, noch einmal mit ärgerlicher Stimme: ‹Rachel Chaya! Komm jetzt bitte hinein.›

Aber das kleine Mädchen rührte sich nicht, und ich konnte das Erstaunen in ihren Augen und ihren halb geöffneten Mund sehen, das Erstaunen eines Kindes, das zum erstenmal einen leuchtenden Regenbogen an einem Regentag sieht. Denn obwohl ich lächelte und lachte und versuchte, ihr zu antworten, liefen mir unfreiwillig die großen warmen Tränen über das Gesicht. Es war das erste und einzige Mal, daß ich während dieser ganzen langen Reise in die Vergangenheit weinte. ‹Sag deinem Großvater, daß ich mich nicht verlaufen habe›, sagte ich, drehte mich um und ging den Hügel hinab zurück an die See.

***

Das ist der Schluß. Was empfinde ich jetzt darüber, aus einigem Abstand? Es ist nicht leicht zu sagen. Älter? Ein bißchen weiser? Trauriger? Ja, das alles. Aber ich fühle mich auch sehr viel gelassener und mit mir selbst im reinen, eine Gelassenheit, von der ich nicht wußte, daß sie mir fehlte, bevor sie kam. Mir gefällt meine Arbeit, und ich bin damit erfolgreich. Wir sind nach München gezogen und wohnen jetzt in Gauting in der oberen Hälfte eines zweistöckigen Hauses am Waldrand. Es ist nahezu perfekt. Cleo hat in der Klinik außerordentlich viel zu tun, und wir finden kaum die Zeit für unser kleines Abendessen. Wir haben immer noch keine Kinder. (‹Noch nicht›, sagen wir weiterhin, wenn auch mit zunehmend schwächerer Stimme.) Ich finde am Unterrichten mehr Gefallen als früher, und ich mag meine Studenten sehr viel mehr. Die meisten von ihnen mögen mich wohl auch. Irgendwie hängt auch dies mit jenen Ereignissen zusammen. Steinmann war in ein kleines Dorf im Schwarzwald gezogen, wo er bis zu seinem Tod lebte. Wir haben ihn einmal im Jahr besucht, und er freute sich jedesmal sehr, uns zu sehen. Er starb als einsamer Mann.

Bremen und Oxford und alles übrige gehören schon in das Reich der Erinnerungen. Aber wenn ich manchmal auf unserer Terrasse sitze, von der aus man auf den Wald blickt, gehen meine Gedanken zurück zu Oppenheimer und Steinmann und Claudel. Wenn Cleo dabei ist, schaut sie nur.

Falls es jemand nicht weiß oder nicht erraten hat: ‹Saba› ist das hebräische Wort für ‹Opa›; ‹Chaya›, wie ich erfahren habe, ein verbreiteter Name, bedeutet: ‹Sie, die lebt›.

Den 2. September 1991.

J.H.H. Weiler (geb. 1951) ist Professor für Völkerrecht und Europarecht an der Harvard-Universität und am Europäischen Hochschulinstitut Florenz.

Die Gedichtzeilen auf Seite 70 sind ein Auszug aus:
Chaim Nachman Bialik, *Hachnisini*, 1905
(Übersetzung J. H. H. Weiler und M. Cochu).

Das Originaltyposkript trägt den Titel: *Removed*

Für die deutsche Ausgabe:

1. Auflage 1998
2. Auflage Dezember 1999

Umschlaggestaltung: Professor Fritz Haase, Bremen
Gesetzt aus der Amsterdamer Garamont
Typographie: Ulrich Seutter
Druck & Bindung: Druckerei Kuhnle, Esslingen
Gedruckt auf chlor- und säurefreiem Papier

Printed in Germany 1999
ISBN 3-92 6-18217-2